川のある街

江國香織

朝日新聞出版

目次

カバー・扉写真　kanako
装幀　田中久子

川のある街

川のある街

「煮る前に一回にんじんをオーヴンに入れて焼くといいんだって。じっくり、三十分くらい」「そうなの?」「うん。全然違うらしいよ、ただ煮てブレンダーにかけただけのやつとは」「ふうん、そうなんだ」「それでね、仕上げに浮かべる生クリームは、塩を入れて泡立てるんだって」

「捻挫?」「そう、あいつ書道を習い始めて、正座して足しびれてんのにそのまま立って、半紙もらいに行こうとして転んだんだって、ばたんと」「あぶな。でも書道って、なんであいつ急にそんなの始めたんだ?」「俺が知るかよ。なんか思うところでもあったんじゃないの?」「思うところって?」「いや、知らないけどさ」

大人はよく喋る。駅前の、七十六歳の喫茶店(入口に〝一九四五年創業〟という立派な看板がでているので、望子《もちこ》と親友の美津喜《みつき》ちゃんはそう呼んでいる。もちろん去年は七十五歳の喫茶店と呼んでいた)でミックスジュースをのみながら、多々良《たたら》望子はそう思う。なぜそんなに話すことがあるのかわからないけれど、みんなほんとうによく喋る。

「名残り惜しいな」

向いの席で父親が言った。

「だめだな、俺、感傷的で」

と。

「お父さんはだめじゃないよ。なごりおしいのは普通のことだよ」

父親をなぐさめたくて望子が言うと、

「いい子だな、望子は」

と言われた。自分に向けて発せられた言葉には常に返事をする望子だが、ほめられると、どうこたえていいかわからなくなる。それで、黙ってジュースをストローでかきまわした。ここのミックスジュースはつめたくておいしい。氷が入っていないところも望子の好みだ。氷がガラガラ入っていると、溶けてジュースが薄まって、途中から、何をのんでいるのかわからないへんな液体になってしまう。

「でもあたし、基本的にオーヴンはあんまり使いたくないのよね。台所が暑くなるし、あとで天パンを洗うのがめんどうだし」「わかる。洗うのがめんどうっていうより、洗ったあとで乾かすのがね、あれってほら、水切りカゴには入らないから」

　黙ると、周囲の会話がまた耳につく。

「いや、今年は絶対イケるって。投手陣がいいんだし、梅野だってマルテだって近本だって——」

「映画、おもしろかったな」

　父親が言った。望子の頭のなかにいきなり、さっき観た映画の色がひろがる。広々したアメリカの畑、空や麦の色、赤いキャップ、韓国人の子供たち。

「うん。すごく」

　望子は心から同意してこたえた。映画を観るのは父親と会う日の定番だが、子供向け（だと父親が考えている）アニメーションや魔法ものではなく、きょうは普通の（というのはつまり大人の観る）映画を観たのだった。そして、望子はそれがとても気に入った。字幕の文字をすべて読めたわけではないし、物語がすっかり理解できたとは思わないが、それでも——。

「写真、またお母さんの携帯に送るから、見せてもらったらいいよ」

　歩いているところとか電車に乗っているところとか、お昼ごはん（きょうはハンバーガーだった）をたべているところとか映画の看板の前でとか、会うたびに父親は望子の写真を撮る。いつも似たような場所に行くので、似たような写真になるのだけれど。

「うん。ありがとう」

テーブルの上のガラス容器には、茶色くて半透明な、粉砂糖でも角砂糖でもない砂糖が入っている。この砂糖は何という名前なのだろう。粉でもかたまりでもなくかけら、というのが望子に思いつく言葉だったが、かけら砂糖なんていわないだろう。それともいうのだろうか。

「望子がもうすこし大きくなって、自分の携帯電話を持つようになったらいいんだけどな」

父親は言い、自分のスマートフォンをじっと見る。

「そうしたらメイルもできるし、写真も直接送れるのにな」

「うん」

それはその通りだと望子も思う。小学校では校内での携帯電話の使用が禁止されているけれど、持っているだけなら叱られないし、おなじ三年生でも持っている子は結構いる。

「写真っていえば、お父さんの友達の椎名、憶えてるだろ? 今度、展覧会があるんだ。個展じゃなくてグループ展——っていうのは何人かの写真がいっぺんに展示されるやつだけど、それがあって、だからもし興味があれば、次は映画じゃなくてそれに行こうか」

シーナさんのことはよく憶えていた。前の家に住んでいたころ——望子の両親が離婚する前——、よく遊びに来てくれた。

「うん。行きたい」

望子の返事に父親は微笑んで、

「おう」

と元気よくこたえる。

二人がこの店に寄るのはいつも夕方で、冬のあいだはすでに暗くなっているのだが、四月も終りに近づいたいまは、おもてにでてもまだあかるい。

「あかるいね」

それで望子はそう言った。

「平気?」

父親が訊き、「平気」と望子はこたえた。家まで送らなくても大丈夫かという意味で、家にはおばちゃんがいるかもしれず、おばちゃんと父親の仲があまりよくないことを、望子は知っている。一人で帰るのはまったく平気だったが、父親と別れて歩きだす瞬間は苦手だ。見えなくなるまで見送られることがわかっているときに、ふりむいた方がいいのかどうか（そうだとしたら何度くらいか、手はふるべきか、どんな顔でか）、いつもわからなくなる。

最初の角を曲がって視線から解放されると、だから望子はほっとした。焼肉や焼鳥や鰻の匂いのするなかを、安心して歩く。お酒呑みのための飲食店がひしめくこの一画は、普通なら子供が歩く場所ではないのかもしれなかったが、望子の通う小学校はまさにその一画にあり、望子にとっては通学路だ（下校途中に、屋台で昼呑みしているおばちゃんにばったり会ってしまうこともある）。夕方のこの時間、道は人やおもてにだされたテーブルや、たべものの匂いで混雑しているけれど、誰も望子には注意を払わない。あちこちに立っている呼び込みの人たちも、もちろん望子には声をかけない。自分が見えない存在になったみたいで、望子にはそれが愉しい。見えなければのびのびできる。

にぎやかな一画は、でもすぐに終ってしまう。あとは家まで、殺風景な道が続くだけだ。すこしずつ風がつめたくなってくる。

望子の両親が離婚したのは三年前で、そのとき望子は五歳だった。保育園に通っていた。いちばん好きだった先生はタカハシユリコ先生で、いちばん嫌いだった子はオオノショウゴくんだった。ショウゴくんは、望子の制帽についているゴムひもを、すきあらばひっぱって弾こうとした。当時、望子はマンションの一階に住んでいた。それは、そのマンションでは一階の部屋にだけ小さな庭がついていて、母親が「土のある場所に住んでみたい」と主張したからだということを、望子は大人たちの会話を聞いて知っていた。が、望子と母親は、いまマンションの三階に住んでいる。庭はないので、土もない。でもベランダからは、広々とした川がすぐ目の前に見える。

母親とおばちゃん（やっぱり来ていた）はリビングにいた。ベランダのガラス戸を全開にして風を入れながら、ソファに坐ってビールをのんでいる。テーブルには生のピーマンと、めざしとポテトサラダ。

「おかえり」

二人は望子を見てそれぞれ言い、でもすぐに大人同士の会話に戻る。望子は手を洗ってうがいをし、普段着に着替えた。ソファは二人掛けなので、向い側の床に坐る。母親が麦茶をだしてくれた。

「近藤さんは元気だった？」

おばちゃんに訊かれ、望子は元気だったとこたえる。近藤というのが父親の苗字で、だから望子も三年前までは、近藤望子という名前だった。

「きょうはどこに行ったの?」

「映画」

「おもしろかった?」

「うん」

「じゃ、よかった」

どんな映画だったか、おばちゃんは訊かない。興味のないことは訊かない主義なのだ。前にそう言っていた。興味のあることだけで手一杯だから、と。

おばちゃんは望子の母親の叔母で、だから望子にとっては大叔母だが、母親がおばちゃんと呼ぶので、望子もそう呼んでいる。ここは母親の生れ育った街だ。すぐそばにおばちゃんが、駅の反対側の団地には両親——望子の祖父母——が住んでいる。引越しは望子にとって大きな変化だったけれど、ここに戻るのは、母親にとって自然なことだったに違いない。「職場に近くなったから楽」(母親は美容師をしていて、望子の髪——あごの位置できっかり切り揃えたボブ——ももちろん母親が整えてくれるのだが、それは新宿にあるというその美容室でではなく、前のマンションのときは庭で、いまのマンションに移ってからは川の見えるベランダでだ)としか本人は言わないが、

「あんたはやっぱりこの街の子よ」とおばちゃんは言う。「別れて大正解だったわね」とも。

麦茶をのみながら、望子は母親のスマートフォンを手に取った。

「見ていい？」

ロックを解除してもらい、父親からのラインをひらく。

いま駅前で別れました

という短い文章に続いて、写真がたくさんならんでいる。写っているのはほとんど望子だが、ときどきそうじゃないもの——なぜだか一目で午前中だとわかるプラットフォームや、ファストフード店のテーブルに置かれたトレイの上の、ハンバーガーやコーラやポテト、映画館のロビーの窓から見えた景色（たぶん望子がトイレに行っているあいだに撮ったのだろう）——もまざっていて、望子は自分が写っているものより写っていないそれらの方を、まじまじと、しげしげと見る。きょうのことだから、まだなつかしいわけじゃない。なつかしいわけじゃないけれど、なんだか不思議なのだ。さっきまでそこにいたのに、いまはもういないということが。もういないのに、いた時間が写っているということも。

最後の一枚は、別れたあとで歩き去る望子のうしろ姿だった。

スマートフォンを母親に返し、望子はテーブルにぺたりと片頬をつける。ガラスのつめたくて硬い感触は、手でさわるよりほっぺたでさわる方が断然よくわかる。目の前にピーマンの盛られた皿があり、でもあまりにも近すぎて、それはピーマンというより、ただのつやつやした緑に見える。

「知ってるわよ、しっぽがちぎれたキジトラでしょ?」「いや、もう一匹いるのよ、そっくりなのが」「キジトラで、しっぽがちぎれてるの?」「うん。あんたが知ってるのは顔が幅広なやつでしょ、その子は顔がもっとこう、鋭角的なの、身体も痩せてるし」

ほっぺたをテーブルに密着させたままの望子の耳に(たぶん、ガラスに押しつけられていない方の耳に)、おばちゃんと母親の会話が聞こえる。年を取ってしゃがれた声と、まだそれほど年を取っていない声。二人は顔も声も似ていないけれど、身体つきと雰囲気がよく似ていて、りっちゃん(というのは母親の妹で、望子の叔母だ)もよく似ているから、多々良の家の女の特徴なのかもしれない。が、望子自身は彼女たちとあまり似ていないと思う。

「とにかくあの人はえらいわよ。お金かかるよ? 自分の猫でもないのにさ、ちゃんと獣医に連れて行って」「まあねえ」「あんたのお母さんが『ブチ子』って呼んでた猫がいたじゃない？　薄汚れた白い猫で、顔に黒いブチのある」「いたいた。母さんがおかかやってた猫でしょう？　しばらく姿が見えないと心配して、うちに電話かけてきたもの」「そうそう、その猫」「そんなことを電話で言われても、私にどうしろっていうのよって思ったけど。あれ？　もうカラだ。おばちゃんビールもっとのむ？」「うん、じゃあ、もうちょっとだけ。でね、あのブチ子なんて、最後は毎日点滴に連れて行ってたっていうんだから驚くじゃないの。毎日よ？」「最期って、死んだの？」「死んだわよ、とっくよ。たぶん年だったんじゃない？　腎臓だか何だかが悪くて――」

そのあとも会話はしばらく続き、おばちゃんが帰ると、望子と母親は夜ごはんをたべた。めざしとピーマンとポテトサラダの他に、母親は目玉焼きを焼いてくれて、食後には二人で苺もたべた。

望子は学校が嫌いではないが、好きというわけでもまたなくて、それは教室にいると、自分が誰の目にも見えていることがわかるからだ。望子は目立たない生徒なので、みんなに注目されたりはしない。でも誰の目にも見えていることは確かで、見えているると、見えていないときのようにはのびのびできない。学校にいるあいだじゅう、望子は自分が小学校三年生の女の子のふりをしているような気持ちがする。

きょうは社会の授業で地図記号というものを習った。バツじるしは交番のマークで、でもそれをマルで囲むと警察署のマークになるとか、文のしるしは小学校と中学校で、それを丸で囲むと高校になるとか。望子がいちばん気に入ったのは田んぼのマークで、だから授業中に作った〝好きな町の地図〟は田んぼだらけになった。隣のクラスでもきょうは社会の授業があって、親友の美津喜ちゃんの作った地図の町は図書館だらけになってしまったそうだ。美津喜ちゃんとは、三年生になってクラスが分かれてしまった。でも登下校はいつもいっしょだし、家が近いので、帰ってからもよくいっしょに遊ぶ。

望子が美津喜ちゃんとはじめて会ったのは、この街に引越してまだまもない日だった。場所は駅の反対側の自然観察公園で、望子はそこに、母親とおばちゃんとりっちゃんの三人とでかけた。自然観察公園といっても、スポーツのできるグラウンドがあったり復元された農家があったりする広い施設で、母親やりっちゃんの子供のころにはなかったものらしく、「望子を連れて行く」という名目のわりには大人たちの方がはしゃいでいた。施設内を歩いているうちに、木に囲まれた広場にでた。何のための空間なのか、いまでも望子には謎なのだが、そこは一面うす茶色で、端にベンチが置かれている以外には何もなく、殺風景で、その後何度も行ったが、大抵ひと気がない。

うす茶色なのは地面に敷かれているもののせいで、はじめ、望子は枯れ葉とか松ぼっくりとかどんぐりとかだろうと思った。が、近くで見ると、そのどれでもなく、望子はその正体不明のモノの踏み心地にうっとりした。心を奪われたといってもよかった。一歩ごとに靴底に伝わる感触はしっとりとやわらかく、自分の重さがふんわり返ってくるみたいなのに、そのふんわりは安定していて歩きやすく、望子は大人の誰かとつないでいた手を離し、一人で歩きまわったり、しゃがんでそのモノに触ってみたりした。「ほら、行くわよ」と母親に促されたとき、立ち去りがたかったことを憶えている。その広場のベンチに、美津喜ちゃんはお母さんと坐っていた。長い髪を両方の耳の上で二つに結んでいて、かわいかった。

「あら、おいしそうね」

誰にでも気安く話しかけてしまうおばちゃんが言い（美津喜ちゃん母子はお弁当をたべていたのだ）、おむすびの具は何かとか、年はいくつかとか美津喜ちゃんに訊く横で、母親同士もなにか言葉を——引越してきたばかりでとか、ここはいつごろできた公園なのかとか——交わしていたような気がする。望子は黙っていた。ただ立って、その髪の長い女の子を見ていた。驚くことが起ったのはそのときだった。おばちゃんの質問に恥かしそうにこたえていた美津喜ちゃんが、ふいに望子をまっすぐに見て、

「これね、ウッドチップっていうんだよ」

と言ったのだ。望子はびっくりして返事ができなかった。

「へえ、よく知っているのね」

かわりにおばちゃんがこたえた。地面に敷かれたモノが何であるのか、望子は誰にも質問していなかった。初対面の美津喜ちゃんにはもちろん、おばちゃんにもりっちゃんにも母親にも。それはつまり、美津喜ちゃんが望子を観察していたことを意味した。観察して、望子の気持ちを正確に見抜いたことを。

母親同士の会話によって、美津喜ちゃんと望子がその春からおなじ小学校に通うことや、家が近所であること（自然観察公園は家からかなり距離があり、望子たち四人はりっちゃんの車でそこに行ったのだが、美津喜ちゃん母子は自転車で来ていた）がわかり、入学式を待たずに、互いの家を行き来するようになった。

「これね、ウッドチップっていうんだよ」

望子は、いまでもときどきその言葉を思いだす。いまよりずっと小さかった美津喜ちゃんの、白い、ひどく生真面目な顔も。

下校の道はたくさんある。呑み屋街を通ってもいいし、通らずに大通りにでて、アーケード商店街を抜けてもいい。その先も道は幾つにも分かれているので、遠まわりになることを気にしなければ、好きなコースを選べる。にぎやかな道がいいか静かな道がいいか、たくさん曲がりたいか、あまり曲がりたくないか。

きょう、歩きながら望子が美津喜ちゃんに聞いた話。去年生れた美津喜ちゃんの弟の志郎くんは、テーブルに手をついてつかまり立ちをする。手がすべったり、腕の力が尽きたりしたら、テーブルに顔を打ち付けてしまう、と思うと心配で、美津喜ちゃんは枕を手に、必要ならいつでもさしだせるよう身構えて、そばについている。でも、志郎くんはそんな美津喜ちゃんの苦労も知らず、美津喜ちゃんが抱きあげるといつも、美津喜ちゃんのほっぺたを両手で横にひっぱる。びっくりするほど力が強いので痛い。美津喜ちゃんが痛がると、志郎くんはたのしそうに笑う。

「それは」

望子は口をひらいたが、何と言うべきかわからなかった。それは大変だね、だろうか、それは、まだ小さいから仕方がないね、だろうか。でも案外、それはかわいいね、というのが美津喜ちゃんの聞きたい言葉なのかもしれなかった。望子の考えがまとまる前に、

「大変なの」

と美津喜ちゃんは自分で言った。

「家のなかに赤ちゃんがいると」

と。

「そうだね」

望子は肯定する。

「きっとすごく大変だね」

「ときどき泣き叫ぶし」

「うん」

「おむつの紙ゴミがいっぱいでるし」

「うん」

どの道を通っても、最後には川にぶつかる。あいだに土手をはさみ、二本ならんで流れている川だ。どちらも水量が多くて立派な川だけれど、奥の流れにくらべると、手前の流れは幅が狭くて橋が多く、だから望子はなんとなく、手前の川の方に親近感を抱いている。奥の川は大人で、手前の川は子供、という気がする。とても背の高いフェンスがあるので、道から川は見えない。でもフェンスの途切れ目まで遠まわりをすれば、川を眺めながら土手を歩いて帰ることができる。

「じゃあ、またあしたね」

「うん、またあした」

塾があって早く帰らなくてはいけない美津喜ちゃんと別れて、望子は一人で遠まわりを選ぶ。フェンスの途切れ目を入るとそこは手前の川を渡る橋で、途端に視界がひらけ、風が変る。右も左も目の届く限り、水面に日ざしが反射してまぶしい。うひょー。ほとんど毎日来ているのに、来るたびに心のなかで歓声をあげずにはいられない。空と水と新鮮な空気で胸がいっぱいになる、こんな場所があることを、前の街に住んでいたころの望子は想像もしていなかった。

橋を渡りきり、遊歩道になっている土手を歩く。うしろから来た自転車が望子を追い越して行き、乗っている男の人の紺色の背広が、風をはらんでうしろにはためくのを見送った望子は、もうすこし大きくなって自転車に乗れるようになったら、自分もああいうふうに服をはためかせて走りたいと思った。でも、カーディガンでは身体にぴったりしすぎてはためかなそうだし、冬用のコートは、生地が厚すぎてはためきそうもない。何を着ればいいだろうか。

両側に丈高く伸びた草のなかには、ヒメジョオンやクローバー、豆の花やぺんぺん草がかくれている。しゃがんでそれらを観察したり、ぺんぺん草をつんで茎の皮をむいて、しゃらしゃら鳴らしたりしながら望子はゆっくりと歩く。学校から帰ったらおばちゃんの家に行き、そこで宿題をしたりテレビを観たりして母親が仕事から帰るのを待つことになっているが、望子が寄り道をしても、おばちゃんは怒らない。それどころか、望子はおばちゃんに、「どんどん寄り道をしておいで」と言われている。「宿題は夜にだってできるけど、外で遊ぶことは夜にはできないんだから」と。

水辺には釣りをしている人たちがいて、まんまんと水をたたえた大人の川は、望子が進むのとは逆の方向に、静かに絶え間なく流れていく。一面に立ったさざなみは、いつものように望子に年寄りの皮膚を連想させた。年寄りの、手の甲の皮膚を。

「でね、八〇年代に大統領が暗殺されたの」「まじで?」「まじで」「ブルキナファソ?」「うん、ブルキナファソ」

うしろから声がして、ジョギングウェア姿のカップルが(でも走ってはいず、話しながら速足で歩いて)、望子を追い越して行った。

望子はときどき、自分には家が三つあるみたいだと思う。母親と住んでいるマンションの部屋と、おばちゃんの住んでいる一軒家、それに祖父母のいる駅向うの団地(だいたい週に一度、望子と母親はそこにごはんをたべに行く)で、家が三つあるというのは、忙しいけれどおもしろいことだ。たとえ目隠しをして連れて行かれても、そこがおばちゃんの家か祖父母の家か、言いあてる自信が望子にはある。玄関に一歩入ったときの匂いが、全然違うからだ。

きょう、おばちゃんの家にはお客さんが来ていた。内田さん、と紹介されたその女の人は、おばちゃんの演劇仲間であるらしい（どうしてわかったかといえば、おばちゃんを「七草さん」と呼んでいるからで、秋野七草というのがおばちゃんの芸名なのだ）。おばちゃんは、とても愛していただんなさんが亡くなったとき、「魂が抜けたように」なり、望子にはちょっと信じられないことだが、「全く喋らなくなった」そうだ。半年くらいそういう状態が続いて、ある日、これではいけないと思ったおばちゃんは、いきなりアマチュア劇団の「門をたたいた」。高校時代に演劇部に所属していたというだけの理由で――。芝居の稽古はおもしろく、おばちゃんはのめり込んだ。声がでていないと指摘されて、ヴォイストレーニングにも通った。それが、望子の生れたころの話らしい。いまでは友達もたくさんでき、おばちゃんは、愛するだんなさんが亡くなる前より元気になった、というのが家族の語り草になっている。

二人が台所のテーブルで喋っていたので、望子は居間で宿題をした。途中でおばちゃんが運んでくれたおやつをたべる。おやつはホウレンソウの根っこを茹でたもので、望子の大好物だ。ホウレンソウは根っこの部分がいちばんおいしいと思う。色もちょっとピンクでかわいらしいし。

この家の居間には物がたくさんある。いちばん目立つのは鉢植えの観葉植物で、大きいもの、小さいもの、天井から吊りさげられたものなどいろいろあり、どれも青々した葉（ひとつは白と緑のまだら模様だけれど）が茂っている。にばんめに目立つのは健康器具で、バランスボールやマッサージチェア、青竹やダンベルが、植物のあいだに窮屈そうに置かれている。他に、もちろん普通の家具もある。テレビの収められたサイドボードとか、ソファとかテーブルとか。

「問題は、迷っている時間がないってことなの。四十歳以上には推奨できないって言われているし、あたし、もうぎりぎりなのよう」

居間と台所のあいだに仕切りはなく、お客さんの声が聞こえた。

「やりたかったらやればいいわよ」

おばちゃんの声も。

「私の時代にはそんな選択肢はなかったから、うらやましいわ。ときどき思うもん、もし子供がいたらどんなだったただろうなって」

宿題は算数と国語のプリントがそれぞれ三枚ずつで、とくに難しい問題もないのですぐに終った。望子は紫色のバランスボールに腰掛けてみる。ボールには強い弾力があり、表面が、太腿《ふともも》のうしろの皮膚につめたい感触ではりつく。

「だけどね、保存にも期限があるの。期限を過ぎたら廃棄に同意しなくちゃいけないの」「どうやって廃棄するの?」「それはわからないけど、だけど廃棄よ? 七草さん、廃棄って悲しくない? せっかく健康な卵子をキープしても、期限までに相手が現れなければ廃棄だなんて」「まあ、ねえ」

望子は退屈し、二階にあがってベランダにでた。この家のベランダからも、正面に広々と川が見える。大人の川と子供の川、どちらも左から右に、一瞬も休まず流れていく。そのことについて考えると、望子はいつも不思議な気持ちになる。だって、こうして眺める川は——雨の多さで水量は変るにしても——つねにおなじ姿に見えるのに、いま見ている水とさっき見た水は違う水なのだ。こうして望子が見守っているあいだにも、川の中身は入れかわり続けている。それが実際どんな感じのことなのか、川や水になったつもりで考えてみるのだが、ひたすら流れていく水の感じは想像できても、流れているのにおなじ場所にとどまり続ける川の感じは想像ができない。

風がすこしつめたくなった。が、空は日ざしを含んだうす青色のままで、まだ夏じゃないのに夏みたいな夕方だ、と望子は思った。

川以外にも、望子が不思議に思う物や事はいろいろある。自分が毎朝きまって、目覚まし時計の鳴る直前に目をさます、ということもその一つだ。それはだいたい六時二十分から二十五分のあいだで、目覚まし時計は六時半に鳴るようにセットしてある。眠っているのに、どうして自分に時間がわかるのかわからなかった。なんとなく不気味だし、目覚まし時計の意味がなくなってしまう。事実、連休初日のきょうは目覚ましをセットしなかったのに、それでも六時二十分に目がさめた。

「それが習慣っていうものよ」

朝食の席で望子がそのことを話すと、母親は言った。

「でも、寝てたら習慣に従いたくても時間がわからないじゃない」

疑問を口にしたが、

「わかってるから起きるんじゃない？」

と、訊き返された。

「でも、どうしてわかるの？」

望子の問いに、母親はまた、

「習慣だから」

とこたえる。母親との会話はよくこんなふうになる。つまりどうどうめぐりに。望子も母親も、朝は必ずミルク入りのコーヒーをのむ。脱衣所では、洗濯機のまわる音がしている。

母親は望子の昼食用のお弁当をつくり、鍋や食器やまな板を洗うと、シャワーを浴びて、仕事に行く仕度をする。カレンダーは連休でも、美容室はそうではないからだ。もっと小さかったころ、仕度をしている母親を見るのが望子は嫌いだった。もうすぐいなくなる、もうすぐいなくなる、という気持ちがどんどん迫りあがってきて、心臓がどきどきして泣きそうになった。実際に泣いたこともある。でもいまは違っていて、仕度をする母親を望子はじっと観察する。おもしろいし、きまった手順のあるところがいいのだ。望子は手順というものが好きだ。学校がある日は望子の方が先に家をでるので観察できないが、一時間目の授業中にときどき、いまごろシャワーを浴びているかなとか、いま服を選んだとか、想像することがある。

母親はいま、濡れた髪をドライヤーで乾かしている。すべての手順のなかで、望子がいちばん好きなパートだ。まだ仕事用の服を選ぶ前なので、Tシャツにスウェットパンツという恰好で、シャワーあがりの匂いを全身から発散させながら、洗面台の前に立ち、ゴォゴォいうドライヤーを右手に持って、左手でうなじを乱暴にこすりあげたり、頭のてっぺんの髪を小刻みな動作でかき立てたりし、ときどきドライヤーのスイッチをスライドさせて、風の強さや温度を変える。とても短い母親の髪は全体が金色で、ところどころピンクに染められている。ピンクの部分はすくなく、色も淡いのでよく見ないとわからないくらいなのだが、見えると、ホウレンソウの根っこみたいでかわいらしい。

すこし前に、望子がりっちゃんから聞いた話。母親とりっちゃんが小学生のころ、通学路に横断歩道が幾つかあった（それらはいまもあり、祖父母の住む団地に行くときに、望子も渡ったことがある）。雨の日に限って、信号待ちをするときに母親が妙に端の方に立つことに、あるときりっちゃんは気づいた。何をしているのかはじめはわからなかったが、おなじ場面に何度か遭遇するうちに、押しボタン式信号の押しボタンのついた四角い物体を、自分の傘に入れてやっているのだとわかった。なぜそんなことをするのかと訊くと、理由は自分でもわからないけれど、一年生のときから、雨の日にはずっとこうしてきたのだと母親はこたえた。二人は年が五つ離れているから、いっしょに通学していたのなら、そのとき母親は五年生か六年生だったはずだ。和佳《わか》ちゃん（というのが母親の名前だ）はやさしいなと、りっちゃんは思ったそうだ。四角い物体が濡れないように、守ってあげているのだから。

「でもね」とりっちゃんは、この話を聞かせてくれたときに望子に言った。「でもね、そのとき私はやきもちをやいたの。だって、それは雨の日の、和佳ちゃんと押しボタンだけの秘密で、ひどく親密な何かだと感じたから」と。それで、りっちゃんは帰ってから両親に、母親が信号機の押しボタンにしていることを話してしまった。両親の反応は憶えていないけれど、「和佳ちゃん」が驚いた顔をして、自分をじっと見たことは憶えているそうだ。かなしそうだったことも。

秘密を口外したりっちゃんを、母親はひとことも責めなかったけれど、そのあとはもう、四角い物体に傘をさしかけなくなってしまった。

りっちゃんから聞いたこの話を、望子は母親に確かめていない。どうして傘をさしかけるのをやめてしまったのか訊いてみたかったが、なんとなく、訊いてはいけないことのような気がしている。望子の知る限り母親とりっちゃんは仲のいい姉妹で、そのままでいてほしいからかもしれない。

美津喜ちゃんと約束していたので、午後、望子は土手にでかけた。いいお天気で暖かく、土手には犬を連れた人や釣りの人や、ジョギングの人やただ歩いている人がたくさんいて、川はきょうもたっぷりと水をたたえ、表面をちらちら光らせながら、静かにゆうゆうと流れている。

待ち合せ場所の赤い水門（昔の水門で、いまはもう使われていない）に行くと美津喜ちゃんはすでに来ていて、望子を見ると、

「さっき、手をつないだおじいさんとおばあさんに声をかけられてたでしょ」

と言った。

「それで、その前はあのクローバーのところで、散歩しているダックスフントとすれ違ったでしょ、首輪もリードも緑色の」

美津喜ちゃんの手にはこの前の誕生日に買ってもらった双眼鏡があり、近づいて来る望子をずっと見ていたのだとわかった。

「うん。おじいさんとおばあさんには『こんにちは』って言われただけだし、犬とその飼い主とは何も喋らなかったけど」

「あのね」

美津喜ちゃんはまた双眼鏡をのぞき、くるりと望子に背を向けた。

「いま何を見ているでしょう」

その方向に見えるのは大きな川の対岸の街で、岸近くに、白いビルばかりが幾つもかたまって建っている。

「ビル？」

「そう。あのビル」

美津喜ちゃんは双眼鏡を目にあてたまま、すぐそこにあるものみたいに指さしたが、遠すぎて、どれをさしているのか望子には全然わからない。

「あのビルのベランダの一つに、布団が干してあります」

美津喜ちゃんが報告を始める。

「布団は二枚で、たぶん両方とも敷布団です。何かが干してあるのはそのベランダだけで、他のベランダには、布団も洗濯物も、一枚もありません」

交代、と言われたので、今度は望子が双眼鏡を目にあてて、川の下流に身体を向けた。

「いま何を見ているでしょう」

「川の水?」

「水も見えるけど、べつなもの」

「釣りの人たち?」

「はずれ」

「舟?」

「はずれ」

鴨です、と望子は正解を言う。

「三羽います。色はうす茶色です。あ、すこし離れたところに、もう二羽います。この二羽の方が、ちょっと身体が大きいかもしれません」

何度か交代し、周囲に見えるものを十分に報告しあうと、水門から離れて草のなかを歩いた。どちらからともなく木の枝を拾い集めているうちに、ビーチボールで遊ぶときのように向い合って立って、枝を二人のまんなかめがけて同時に投げ、空中でぶつかったら成功、という遊びをあみだした。枝は、小さすぎても大きすぎても遠くまで飛ばず（そういうときは、互いの距離をどんどん縮めた）、長さが中くらいでまっすぐな、スーパーでカットして売られている袋入りのゴボウくらいのものなら遠くまで飛ぶことがわかったので、「ゴボウ、ゴボウ」と言いながら、途中で叢《くさむら》のなかを探した。

二人ともがゴボウ的に太くて強い枝を手に入れると、遊びは俄然、白熱した。成功して枝と枝がぶつかったときのうれしさのせいというより、失敗したときに自分に向って飛んでくる枝をよけるのが、こわくておもしろかったからだ。実際、成功よりも失敗の方がずっと多く、そのたびに望子も美津喜ちゃんも、悲鳴をあげたり笑ったりしながら枝から逃げた。疲れるまでそんなふうにして遊び、草の上に腰をおろすと、

「燃えたね」

と美津喜ちゃんが言った。

「うん。燃えたね」

「またやろうね」

「うん。またやろう」

それから二人で、この遊びの名前を〝ゴボウ〟に決めた。

「きょうね、会社がお休みだから、朝、パパがいたの」

群生しているクローバーの表面を手で軽く押さえ、四つ葉が隠れていないか調べながら美津喜ちゃんが言う。

「なかなか起きてこなくて、起こしてきてってママに言われたから、起こしに行ったの」

「うん」

望子もクローバーの表面に指を走らせ、四つ葉を探していないふりで探しながら返事をする。遊んだせいでおでこが汗ばんでいて、風が吹くと気持ちがよかった。

「そうしたらパパはもう目をさましていたけど、まだベッドにうつぶせに寝ていて、美津喜の顔を見ると、『背中に飛び乗ってもいいぞ』って言ったの」

「うん」

「だから飛び乗ったんだけど、そうしたら、パパはぶーっとおならをしたの」

望子は心底驚愕し、思わずクローバーから目も手も離して、

「うそ」

と呟いてしまう。

「ほんと」

美津喜ちゃんはくすくす笑い、

「おもしろいの、うちのパパって」

と言った。望子には信じられないことだった。いっしょに住んでいたころもいまも、父親のそれを、望子は聞いたことがない。まわりに誰もいないときでさえ、彼がそれをするところは想像がつかなかった。

「のど渇いたね」

美津喜ちゃんが言う。

「そろそろ帰る？」

と。ここのクローバーには四つ葉のものがたくさんまざっていて、探せばたいていてい何本も見つかる。きょうはまだ一本も見つけていないので、望子は残念な気がしたが、

「そうだね」

とこたえて立ちあがった。父親なら、「まあ、そういう日もあるさ」と言うだろう。何かが期待外れだったり、反対に望子が何かをうまくできなかったりしたときに、父親は小さく笑ってそう言ってくれるのだ。

「あしたも二時にね」

美津喜ちゃんが言い、

「うん、二時に」

と望子もこたえて、フェンスの途切れ目で別れた。去年まで、学校が休みの日には一日中でもいっしょに遊べたのだけれど、三年生になってから、美津喜ちゃんの家では、休みの日でも午前中は勉強の時間、と決められてしまったのだそうだ。勉強は夜でもできるのに、と望子は思うけれど、よその家のことだから仕方がない、とも思う。

フェンスぞいの道を歩いておばちゃんの家に行き、テレビを観ながら母親の帰りを待った。でも観たのはニュース番組で、望子とおばちゃんの好きな相撲は、来月になるまで始まらない。


夜、望子が自分の部屋の窓からしゃぼん玉を吹いていると（夜に吹くしゃぼん玉は、昼に吹くしゃぼん玉とは全然違うふうに見える。一つ一つがつめたそうにも見えるのだけれど、さわってもべつにつめたくはなく、さわればもちろんこわれてしまう)、母親が電話で誰かと話している声が聞こえた。途端に、一人で部屋にいるのが淋しくなったので、望子はしゃぼん玉液にふたをして机のひきだしにしまい、リビングに行った。

母親はソファに浅く腰掛けて、スマートフォンを耳にあてている。テーブルには缶ビール。望子は母親の隣ではなく足元の床に坐った。両脚を前にのばし、ソファにもたれる恰好で。そうすると、母親の脚が望子の隣に来る。グレーのスウェットパンツをはいた母親の脚の、膝から下の部分が。

「でもえらいよ、桃ちゃんは。歌舞伎に毎月つきあうのとか、私には絶対無理だもん。そんな高級なバッグとか、もらっても困るし。使わないし、じゃまだし」

話しながら、母親はかがみ込んで望子の顔を見る。なに? と口だけ動かして訊く。べつに用事はない、と伝えるつもりで望子が首を横にふると、母親はかがんだついでに缶ビールをとって一口のみ、元の姿勢に戻った。

「いや、あれはほら、年に一度のお務めっていうか、普段ご無沙汰しているお詫びっていうかね。それにこっちも温泉に入れるわけだから、一石二鳥っていうの? そんな感じだったし」

望子は母親に気づかれないように、スウェットパンツの布地を指でつまんでみる。何度も洗濯をくり返されたそれはやわらかく、くたっとしていてさわり心地がいい。

「知らない。そうなの？　まあ、さもありなんだけど」

母親はまたビールを一口のむ。

「全然会ってない。いまどうしてるんだろうね」

突然そうしたい欲求に駆られて、望子は母親の脚を二本まとめて両腕で抱えた。

「真由美ちゃんなら知ってるんじゃない？　結婚したあとも、週に一度は美幸とクラブに行くって言ってたから」

母親は驚きもせず、会話を続ける。

「あそこは絶対ダンナが一枚上手なんだと思う。うん……そう……それそれ」

脚を抱くというより脚にしがみつくような恰好のまま、望子はじっとしている。スウェットに押しつけた顔が熱く、自分の湿った呼吸音が、なぜだか耳の内側で聞こえる。ざあざあ、がさがさ、とそれは聞こえ、呼吸っぽい〝はあはあ〟とか〝すうすう〟じゃないのはどうしてだろうと望子は不思議に思った。

「うん……うん……ありがとう、桃ちゃんもね。うん、そうする。耕くんによろしく。

うん……うん……わかった。じゃあ、またね」

電話を切ると、母親はまたかがみ込み、

「なにしてるの？」

と訊いた。

「離して。暑い」

と言い、それでも望子が動かず、返事もせずにいると、

「甘ったれ」

と言った。

「甘ったれの赤ちゃん」

とも。望子はソファによじのぼって坐り、母親にもたれかかる。もちろんもう赤ちゃんではないが、ときどきこんなふうにくっつきたくなるのだ。

連休のあいだに、望子は三度、美津喜ちゃんと（午後に）遊び、二度、祖父母の家で夜ごはんをたべた。そして一度、母親とでかけた。でかけた先は新宿で、フルーツパーラーに寄ったあとで、〝オカダヤ〟に行って生地を選んだ。母親はミシンで服を縫うのが得意で、毎年、望子に夏のワンピースを作ってくれる。今年選んだのは水色

の無地の布とクリーム色の地に茶色い小花の散った布の二種類。夏までに、二枚のべつべつのワンピースになる。

ひさしぶりに学校に行くと、教室に一歩入ったときの感じが違っていて、一瞬だけれど、望子は自分の教室を間違えたのかと思った。が、そこは望子の教室で、すでに来ている子たちはいつもの顔ぶれで、望子の机も変らずにあった。違っていたのはうしろの壁で、そこに貼ってあった横長の大きな紙――〝水辺の生きものたち〟という文字と共に、草や川や岩、カエルや魚や虫の絵がカラーで印刷されていた――がなくなって、かわりに〝風とゴムのはたらき〟と書かれた、前のとおなじく横長の、大きな紙が貼られている。描かれているのは絵というよりも図で、板に車輪をつけただけの玩具《おもちゃ》の車みたいなもの四台のまわりに、たくさんの矢じるしと、人の手と、風車がある。つるつるして光沢のある白い紙の上に、使われている色は赤と黒の二色だけなので、前の絵とくらべるとそっけなく、よそよそしく見える。望子は、前の絵をべつに好きではなかったし、むしろ、生きものたちの顔をちょっと不気味だと思っていた。けれど突然なくなると、不意打ちにあったようで戸惑い、なんとなく淋しくもなって、貼り替えることを前もって教えてくれたらよかったのにと思った。そうしたら、最後にもっとよく見ておけたのに――。

午後、音楽の授業があって、歌を歌った。望子は歌を歌うのが苦手だ。歌うと、俄然ここに〝いる〟感じになってしまう。ここにいる、ここにいる、と言い立てるような真似は望子の本意ではなく、だからできるだけ小さな声で歌う（し、ときには口だけ動かして、声をださないこともある）。大勢で歌うとき、声は大きな一つのかたまりになり、一人一人のそれを聞き分けることはできないけれど、自分には自分の声がわかるし、ときどき隣の人の声もわかる。

帰り道、きょうはアーケード商店街を通った。薄緑色の鉄骨に支えられた屋根のあるこのまっすぐな道は、午後八時まで自動車が入れないので安心して歩ける。そうしたければ道のまんなかを歩くこともできるし、あやとりをしながらとか、けんけんぱあをしながら歩くこともできる。きょうはうしろ向きで歩いた。美津喜ちゃんと二人で順番に、片方だけがうしろを向く。自動車が入れないといっても人や自転車は多い道なので、どちらか一人は前を向いていないと危険だからだ。

「オッケーです、オッケーです、オッケーです」

美津喜ちゃんが言う。

「オッケーです、オッケーです、あ、待って、自転車が来る」

来るのが自転車でも人でも、望子が立ち止まってじっとしていれば、よけてくれる。

「オッケーです、オッケーです、オッケーです」

気をつけなくてはいけないのは路上駐車してある自転車や、店の前に置かれた看板や人形で、前を向いている方にはとくに危険なものには見えないので言い忘れると、気づいたときにはぶつかっている。

「オッケーです、オッケーです、オッケーです」

交代し、今度は美津喜ちゃんがうしろ向きになった。

「オッケーです、オッケーです、人が来ます。オッケーです、オッケーです」

商店街なのに、右側に唐突に中学校が現れる。

「中学校です」

うしろを向いていてもやがて視界に入るのだが、すこし手前で望子は言う。うしろ向きに歩いているときには左右を見る余裕がないし、どのくらいまで来たかがわかった方がいいと思うからで、望子の意図をいつも正しく察知してくれる美津喜ちゃんは、

「はーい」

とあかるい声でこたえる。

道から見える中学校の一階部分はガラス張りで、そのガラスにそって、内側に棚がずらりとならんでいる。幾つも仕切りのあるその棚には、ピンクや緑のプラスティッ

クのカゴが置かれていて、ちょっと温泉の脱衣所のようにも見えるのだが、あのカゴは一体何を入れるものなのだろうと、ここを通るたびに望子は知りたくなる。

「オッケーです、オッケーです、ストップ、人が来ます。オッケーです、オッケーです」

望子も美津喜ちゃんも、小学校を卒業したらおそらくこの中学に通うことになり、そうしたらカゴの用途も判明するはずだが、望子にとってそれは、現実感ゼロと言いたいくらい先の話だ。

土曜日に、りっちゃんが遊びに来た。愛車の助手席に、いつものようにうさぎのぬいぐるみを乗せて。ぬいぐるみの名前はエイプリル・ザ・バニーで、りっちゃんの、子供のころからの相棒なのだ。母親も仕事が休みだったので、三人でまた自然観察公園に行った。曇り空だったけれど、せっかく車があるから。公園に入る前に、駐車場で三人とも手と脚に蚊よけスプレーをたくさんかける。

「望子、目をつぶって口をむすんで」

母親が言うと、

「えっ、顔にもかけるの？」

と、りっちゃんが驚いた声をだした。

「顔じゃなくて頭皮。蚊って頭皮も刺すから。耳の縁も」

「ああ、耳の縁。あれ、痒《かゆ》い上に痛いのよね」

「そう。でも耳の縁とか首すじとかはね、直接スプレーせずに、こうやっていったん手のひらに吹きつけてから、塗るの」

「なるほど」

二人が望子をはさんで話しているあいだ、言われた通りに望子は目をつぶって口をむすんでじっと立っていたが、スプレーの匂いは鼻だけじゃなく、喉にも入ってきた気がした。

公園の内側は、外側よりも空気がひんやりしている。緑が多いからだろう。

「ここ、ザリガニがいるんでしょう?」

りっちゃんが言った。

「ネットで見たらそう書いてあったけど、私たちは見たことないわね」

と。

「ザリガニ?」

母親が顔をしかめる。

「見たいの？」

「べつに見たくはないけれど」

りっちゃんがこたえると、母親は「よかった」と言った。二人は姉妹だから体型も雰囲気も、すんなりと伸びた腕の白さも似ているけれど、髪だけはまったく違う。母親がきわめて短い金髪（よく見るとところどころピンク）なのに対し、りっちゃんの髪は黒くてまっすぐで、それを胸の下あたりまで伸ばしている。顔に落ちかかってくる髪をときどきかきあげる手の指の細さは、でも母親と似ている。二人の横を歩きながら、望子は自分の手指を観察した。望子の手はぽってりと肉厚で、指が短く、爪が小さい。

両側に巨木がならび、空が見えないくらい頭上に枝葉がせりだした登り道で、りっちゃんがふいに立ちどまって深呼吸をする。一度、二度、三度。そして、

「森林浴」

と言った。

「りっちゃんもこのへんに住めばいいのに」

前から思っていたことを、望子は言ってみる。

「そうしたらおじいちゃんもおばあちゃんもいるし、おばちゃんも、お母さんも望子

もいるのに」

「あ、ヨモギ」

りっちゃんは傍らの茂みを指さして教えてくれたあと、「それはどうかな」と言った。

「ここに住んじゃったら、帰る場所がなくなるじゃない?」

と。望子はすこし考えて、

「ここからでかけてここに帰ればいいんじゃない?」

と反論したのだが、

「やめてよ、二人とも。鮭じゃあるまいし」

と、なぜか母親が不機嫌になったので、この話はそれでおしまいになった。

坂を登りきると金網に囲まれた運動場があり、それを迂回すると、うす茶色の広場にでる。母親とりっちゃんはベンチに坐り、望子は歩きまわって、ウッドチップの変らない踏み心地を確かめた。

「冗談でしょう? 私たちが観ていた、あのテレビ?」

突然りっちゃんが大きな声をだす。

「だって、何年? 三十年くらいたってるんじゃない?」「たってるでしょうね、あのテレビが家に来たとき、私は小学校に入ったばっかりくらいだったから」「でも、ブラウン管のテレビはもう観られなくなったんじゃなかった？」「それがね、地デジチューナーを通せば観られるとかで、ずっとそれで観ていたみたい」「で、そのテレビが息をひきとった、と」「そう。ちょうどプロ野球ニュースを観ていたときで、画面がすーっと小さくなって、解説者の江本の顔も小さくなって、そのまますっと消えたんだって」「えーっ。なんか、悲しいわね、それ」

悲しい、と言う割に、二人ともたのしそうに喋っている。

「お母さんが言うにはね、ご臨終だって、すぐにわかったたって。テレビがさよならって言ったみたいだったたって」「いやだ、ますます悲しい」

望子が戸惑ったことに、「いやだ」とか「びっくり」とか「三十年」とかの言葉をくり返しながら、二人は笑っていた。聞こえた内容は悲しく、二人も悲しいと認めていたのに。

「じゃあ、いまあの家にはテレビはないの？」

「あるわよ、なんか最新式のを買ったみたいよ」

帰りは、来たときとはべつの道を通って駐車場に戻った。

「もっちゃん、来てごらん」

りっちゃんがそう言ったのは公園をでる直前で、茂みの奥に、赤い実をつけた木が見えていた。茂みをまたぎ越してあとについて行くと、りっちゃんは高いところにある実を幾つももいで望子の手のひらにのせ、

「さくらんぼ」

と言って、自分でも一つ口に入れてみせた。りっちゃんは、いつもではないけれどときどき、望子のことをもっちゃんと呼ぶ。そう呼ばれると、望子は照れくさいような、うれしいけれど困るような気持ちがする。和佳ちゃんとりっちゃんともっちゃん、多々良家の女たち。

赤い実は、望子の知っているさくらんぼよりずっと小さくて色が濃かったけれど、たべると確かにさくらんぼの味がして、のみ込んだあとも舌に甘さが残った。おもてに生えていたり生《な》っていたりするものをたべてはいけない、と母親はいつも言っているのに、きょうは何も言わず、望子とりっちゃんがたべるのを、すこし離れた場所に立って見ていた。

車のなかでも、母親とりっちゃんはずっとたのしそうに喋っていた。望子には、母親がりっちゃんをほんとうに好きなことがわかるけれど、りっちゃんは会社勤めの他にアルバイトもしていて、忙しいのでなかなか遊びに来られない。どうしてそんなに

働いているかというと、お金を貯めて、そのうち海外に留学したいと考えているからで、そのときにはもちろんエイプリル・ザ・バニーも連れて行くつもりだと言っている。

夜ごはんは「奮発して」焼肉、と決ったので、望子は心のなかで快哉を叫んだ。焼肉のときに行く店は決っていて、そこは表側に壁もドアもなく、テーブルと椅子が道にはみだして置かれていて、外の席でも中にいるみたいだし、中の席でも外にいるみたいなところがおもしろいし、肉もとてもおいしい。

今夜りっちゃんは両親――というのはもちろん望子の祖父母だ――のところに泊る予定なので、団地のそばのコインパーキングにまず車を停めてから(「これでビールがのめる」と、うれしそうにりっちゃんは言った)、三人で、店までぶらぶら歩いた。途中で押しボタン式の横断歩道を渡り、望子は母親と傘の話を思いだしてどきどきしたが、母親もりっちゃんも何かを思いだしているようには全然見えず、ずっと〝福田くん〟という人の話をしていた。

まだあかるいのに、店にはすでにお客さんがたくさんいた。店のなかにも外にも、肉を焼く匂いと煙がもうもうとたちこめている。中央のテーブルが一つだけあいていて、二人用の席だったけれど、店の人が丸椅子を一つ運んできてくれたので、みんな坐れた。おしぼりを使いながら、母親とりっちゃんはビールを、望子はつめたい緑茶を頼んだ（ただの緑茶なのに、奥に注文を通すときに店の人は、「緑ハイいっちょう焼酎ぬきで」と言った。いつも言うのできょうも言うかなと思っていたら、言った）。「おしゃれなんだ」「そう。実家住いだから、お給料はほとんど服とか靴とかにつぎ込んじゃうみたい」「どんな服を着てるの？」「どんなって言われても困るけど……」「でも、おしゃれなんだ」「うん」

　二人はまだ〝福田くん〟の話をしている。

「あのハラミ頼んでね」

　望子が言うと、母親は、

「もちろん頼むから大丈夫」

とこたえた。この店には〝にんにくバターに溺れたハラミ〟（ほんとうにそういう名前なのだ。壁に貼られた紙にもそう書いてある）というものがあり、この店の肉のなかで、望子はそれがいちばん好きなのだった。

「しかし、りっちゃんは年下ばっかり好きになるね」「べつに年下だから好きになるわけじゃないけど、かわいいって思っちゃうと弱いみたい」「かわいいの？」「うん。

待ち伏せとかしてくれちゃうし」

運ばれた緑茶をのみながら、望子はまわりの客を観察する。一人で黙々とたべている男の人を除くと、あとは全部二人組だ。カップル、男の人同士、女の人同士――。店の、壁のない正面の軒下には、まるい赤いちょうちんが幾つもぶらさがっている。

「だけどあれ、戻るらしいよ、節制をやめるとすぐ」「たべたもの全部報告するんだろ、ちゃんと写真に撮って」「めんどくさいよな」「でも真面目にやれば、いい身体になれるらしいよ」

ちょうちんの下、道に半分はみだした席の大学生くらいの男の人たちが、そう話しているのが聞こえた。

「トキのホケだっけ、ホキのトケだっけ」「トケのホキ」「そうか。トケのホキか。いつもわかんなくなっちゃう」

望子のすぐうしろの席のカップルが、小声でそう話すのも。

キムチとかトマトとか、水菜とセロリのサラダとかが運ばれ、母親とりっちゃんが協力して手際よく肉を焼き始める。

「この店の肉のなかで、何がいちばん好き?」

望子がりっちゃんに訊くと、

「ホルモン」

というこたえが間髪を入れずに返った。それは前に訊いたときの母親のこたえとおなじで、即答したところまでおなじだったので、望子は感心してしまう。姉妹というのはたべものの好みも似るものなのだろうか。

望子には姉妹も兄弟もいない。いたらいいのにと思ったこともあるけれど、両親が離婚したので、たぶんもう妹も弟も生れないだろう。それとも生れたりするのだろうか、母親が再婚したり、父親が再婚したりして？

「ねえ」

りっちゃんが、突然目を見ひらいて母親に言う。

「私、子供のころから不思議だったんだけど、この街って昔から、整骨院とか鍼灸院とかが妙に多いじゃない？　駅のこっち側にも、向う側にも」

うん、と母親が相槌を打つ。

「それって、あれと関係あるのかしら」

あれ、と言ってりっちゃんが目で指し示したのは、壁にびっしり貼られたサイン色紙だった。新しそうなものも古そうなものもあり、幾つかはラップにおおわれているけれど、おおわれていないものの方が多く、おおわれていなくて古そうなものは、紙が茶色に変色してしまっている。サインそのものは望子には一枚も判読できなかったが、ほとんどすべてのサインの横におなじ言葉が書かれており、それは読むことができた。〝極真〟もしくは〝極真空手〟。

母親は身体をひねって色紙を眺め(それらはりっちゃんの正面、母親の真うしろにあった)、

「どうだろう」

と言った。

「関係あるのかもしれないし、ないのかもしれない。わからないわ」

と言って再び七輪に向き直り、しばらく無言で肉を焼いていたが、急に笑って、

「どっちでもいいし」

と呟く。そして、

「真剣に考えちゃったじゃないの。考えたってわかりっこないし、そもそもどうでもいいことなのに」

と言った。望子には何が可笑しいのか全然わからなかったが、

「さっきは大発見だと思ったんだけど、そうだね、確かにどうでもいいね」

と同意したりっちゃんも笑いだし、「どうでもいいわよ」「どうでもいいね」「どう

でもいいでしょ」「うん、どうでもいい」と、二人は何度でも言って笑い合っている。

大相撲が始まって、夕方、おばちゃんの家で母親を待つ時間が俄然たのしくなる。望子の好きな力士は琴恵光《ことえこう》で、おばちゃんの好きな力士は遠藤《えんどう》だ（おばちゃんは白鵬《はくほう》も好きだけれど、今場所は休場している）。相撲を観るときは、二人でならんでソファに坐る。ニュースとか他の番組なら、バランスボールに腰掛けたり、マッサージチェアに半分寝そべるみたいな恰好で収まって観たりするのだが、相撲を観るときには全身に力が入るので、安定した場所に坐っている（か、いっそ立っている）必要があるのだ。母親はよく、ソファで相撲を観ているときの望子とおばちゃんの姿勢がそっくりだと言って笑う。前に身をのりだすときの、身体の角度がおなじなのだそうだ。望子は相撲というものを、この街に引越してきて（おばちゃんと親しくなって）はじめて観た。

遠藤の取組のとき、おばちゃんはいつも、「勝たせてやりたいねえ」と言う。「勝ってほしいねえ」ではなく、「勝たせてやりたいねえ」と。おばちゃんの使う言葉はときどきおもしろい。

望子が前に聞いて、自分でも使ってみたいと思っている言葉が三つあり、それは

「あきれて物も言えない」と「グロッキー」、そして「けっこう毛だらけ猫灰だらけ」なのだけれど、まだどれも使ったことはない。

きょう、琴恵光は照強《てるつよし》に叩《はた》き込みで勝ち（望子はソファから飛びあがって喜び、力いっぱい拍手をした）、遠藤は玉鷲《たまわし》に小手投げで負けた（おばちゃんは「あーっ」としわがれた声をだした）。

望子が宿題をするあいだ、おばちゃんは台所で芝居の台本を読み（どうして台所なのかというと、台本を読むとき、おばちゃんはぶつぶつ声にだして読むからで、おもしろいセリフが聞こえたときにはどうしても望子が笑ってしまい、そうすると、どちらも集中できなくなるからだ）、どちらかが飽きたり疲れたりしたときには青竹を踏んだり庭にでたりし（庭でおばちゃんは煙草を喫《す》い、望子はしゃぼん玉を飛ばす）、そんなふうにして、母親が帰るまで過す。

夜、望子がお風呂に入っていると母親がやってきて、

「望子、椎名さんの写真を見に行くんだって？」

と訊いた。

「うん」

湯船につかったままこたえると、

「今度の土曜日はどうかって。午前中は仕事が入っちゃったけど、一時すぎには迎えに来られるからって」

と母親が言い、父親から連絡が来たのだとわかった。

「ラインが来たの？」

尋ねると、

「電話」

という返事で、

「まだつながってる？」

と訊くと、

「もう切った」

と言われた。望子はがっかりする。喋らせてくれればよかったのに、と思った。呼んでくれれば、すぐにお風呂からでたのに、と。

「土曜日はどうかって訊かれても、切っちゃったんなら返事ができないじゃない」

そう言ってみた。でも望子には母親の返答が予想できたし、事実、母親は望子の予想通りのことを言う。

「返事ならしたわよ。だって望子、この前こんちゃんと会ったときに約束したんでしよ、椎名さんの展覧会に行くって」

「そうだけど」

こんちゃんというのは父親のことだ。母親もりっちゃんも、望子が知っている限りの父親の友達も、みんな彼をそう呼ぶ。

「それとも今度の土曜日に、なにか用事でもあるの？」

「べつにないけど」

じゃあいいじゃないの、と母親は言い、それともなにか問題でもあるの、と（おなじことをまた）訊いたので、望子は「ない」とこたえるしかなかった。

「くわしいことはまたラインするって言ってたけど、ともかく土曜日の午後は遊びに行かないで家にいなさいね」

母親はそう言い置いてでて行き、あとには納得のいかない気持ちが残った。納得のいかない気持ちは湯気とまざってお風呂場じゅうに広がり、湯船のなかで、望子はその気持ちを持て余す。

「あきれて物も言えない」

使い方が正しいかどうか確信はなかったが、そう呟いてみた。

美津喜ちゃんはときどき学校の帰りにお使いを頼まれる。四十五リットル用のゴミ袋とか、ティッシュとか卵とか。家に赤ちゃんがいてお母さんが大変だからで、きょう美津喜ちゃんが頼まれたのは牛乳だった。一リットル入りの紙パック。アーケード商店街のなかの大きなスーパーマーケットで、美津喜ちゃんはそれを買った（おなじメーカーでも種類がいろいろあるので、よく見て慎重に選んでいた）。

お使いをした日は寄り道禁止なので（お使い自体が寄り道ではないのかと望子は思うけれど）、塾のない日でも、美津喜ちゃんは土手を回って帰ることができない。それで川ぞいの道で美津喜ちゃんと別れて、望子は一人でフェンスの途切れ目から土手に入った。

いきなり視界がひらける。フェンスの内側と外側とでは、見える景色が全然違う。見える空の分量も。うひゃー、という望子の心の反応は、声にださなくても身体のすみずみまで行き渡る。二つの川はきょうも水をまんまんとたたえ、橋を渡ると土手は気持ちよく緑で、遊歩道にはのんびり歩く人たち（や犬たち）がいる。フェンスの内側と外側とでは、景色だけではなく人々の様子も違うのだ。

望子は時計を持っていないが、すこしくらい遊んで帰っても幕内力士の登場には十分まにあうことがわかっていたので、葉っぱの形がツバメに似ているので望子と美津喜ちゃんがツバメと呼んでいる草を探したり、豆のさやから中身をだして、豆笛をつくったりしてすこし遊んだ。豆笛は、本物のたて笛のように端だけくわえて息を吹き込むのではなく、さやのほとんど全体を唇ではさんで、先だけ外にだして吹いた方がよく鳴る。豆笛のつくり方は理科の授業で習ったのだが、鳴らし方のコツは学校で教わったわけではなく、望子が自分で発見した。でも、豆笛の音はコントロールできない。おなじさやをおなじように吹いても、ぴろろろ、と高い音がでたり、ぶーっと低い音がでたりする。

望子は片手にツバメを持ち、唇に豆笛をはさんで鳴らしながら歩いた。ぶーっ、ぶーっ、ぴろろろ、ぶーっ、ぴろろろ。すれちがう人がびっくりした顔で望子を見たが、気にしなかった。ぶーっ、ぶーっ、ぴろろろ。

鳴らすのをやめたのは、正面から、先生三人につきそわれた園児の集団が来たからで、大人ならいいけれど、自分よりも小さい人たちに豆笛の音を聞かれるのは——というより豆笛を吹いているところを見られるのは——恥かしかった。どうしてだかわからないけれども。

園児たちはみんな黄色い帽子をかぶり、運動会のときにつけるゼッケンみたいにも見える、お揃いの青いベストを着ている。しょっちゅう誰かが立ちどまったりよそ見をしたりして、歩くのが遅いのでなかなかすれ違えない。望子は、前に住んでいた街で通っていた保育園を思いだした。園庭や遊具、靴を履替えるための縁側みたいな場所や、通園手帖にハンコを押してもらうときの机――。ベストはなかったけれど、かわりにスモックがあった。

ようやくすれ違ったとき、望子は園児たちの、想像以上の小ささに驚く。先生の一人に手をひかれて、まさによちよちという足どりで歩いている子もいる。自分にもこんなときがあったのかもしれないが、もう思いだせなかった。

しばらく歩いてふり返り、十分に距離ができたことを確かめてから豆笛をまた鳴らそうとしたとき、うしろから来た男子中学生(制服を着ているのでそうとわかった)二人組の声が聞こえた。

「え? イーナナ系北陸新幹線の十三両のやつ? それは四万じゃ買えないよ、六万くらいするんじゃないの?」「四万いくらって言ってたけどなあ。おじいちゃんに買ってもらったから」「買って送ってくれたの? それともいっしょに買いに行ったの?」

二人組は(とくに片方が)熱心に話しながら望子を追い越して行き、彼らの話にでてきたもの――それが何であれ――の、金額の大きさに望子は驚く。四万円にしても六万円にしても、ひどく大きなお金であることに変りはなく、中学生になるとそんなに高価なものを買ってもらったりするのか、というそれは驚きだったが、うらやましいというのではなく、望子はただすごいなと思い、いつか自分も中学生になるのだということが、すこしこわい気持ちがした。

「水、水。コップ、コップ」

マンションに帰ると望子は声にだして言い（家のなかに誰もいないとわかっているとき、望子はよくこんなふうにひとりごとを言う）、コップに水を汲んで豆笛を入れた。豆笛は乾くとすぐだめになってしまうけれど、こうしておけば二日くらいもつ。「豆なんてそのへんにいくらでも生えているんだから、遊んだら捨てて、また遊ぶときに新しくつくればいいじゃないの」と母親には言われるのだが、ここまでいっしょに帰ってきた以上、この豆笛は仲間みたいなものだし、音がでるあいだはまだ生きていて元気なのだから、捨てることなどできるはずがないのだ。

それから急いでおばちゃんの家に行き、おやつ（きょうは桃だった）をたべて、相撲を観る。琴恵光は千代丸《ちよまる》につきおとしで負け、遠藤は宝富士《たからふじ》に寄り切りで勝った。

きょうおばちゃんに聞いた、母親とりっちゃんの話。望子がここで宿題をしているのを見ると、おばちゃんはときどき、子供だったころの母親とりっちゃんを思いだす。

いまの望子とおなじように、二人とも自宅以外の場所でよく宿題をしていた。それは、当時二人の両親——というのは望子の祖父母——がやっていた洋食屋の隅の席で、大きい少女と小さい少女が頭をくっつけ合うようにして、それぞれ自分に与えられた勉強をしている姿は、おばちゃんの目に「なんだか健気に」見えたという。店が混んでくると、大きい少女は水のコップを運んだり、あいた食器をさげたりするのを手伝った。望子の祖母は、でも二人に店で食事をさせることはしなかった。忙しくても娘たちといっしょに一度家に帰って、準備しておいた普通の料理をたべさせた。そのあとずっと家にいられる日もあったが、店に戻らなければならない日の方が多く、そういうとき、大きい少女と小さい少女はおとなしく二人で留守番をした。おばちゃんがベビーシッターとして駆けつけることもあった。いっしょにテレビを観たり（「和佳ちゃんはませていてね、小学生なのに大人向けのドラマを観たがったの」）、絵本を読んだりしたそうだ。そういうことをしていたある一時期（「たぶん和佳ちゃんがいまの望子とおなじか一つ二つ上の年で、りっちゃんが小学校にあがるかあがらないかのころだったかな、あたしがまだ独身で、でももうのちにダンナになる人とつきあっていて、甘々のころだったから」）、少女たちがお揃いのいちご柄のパジャマを着ていたことをおばちゃんは憶えている。「なぜそんなことを憶えているのかわからないけれど、あのパジャマを着た二人を、いまでもきのうのことのように思いだせる」らしい。

望子には、母親とりっちゃんのそんな姿を想像するのは難しかった。でも、祖父母の営んでいた、いまはもうないけれどこの街にあったレストランのことは、前の街に住んでいたころに家族で何度も行ったので憶えているし（マカロニグラタンがおいしかった）、あの店の隅の席で、頭をくっつけ合うようにして宿題をする二人の少女の姿というのは、母親とりっちゃんとしてでなければありありと思い描けた。


土曜日は朝から雨だった。静かに降るこまかい雨で、おばちゃんなら「いいおしめり」と言いそうだなと思ったが、これからでかける望子にとって、雨は嬉しくない。

約束の時間ちょうどにマンションまで迎えに来てくれた父親に、

「ちょっと入る？」

と望子は訊いた。母親は仕事に行っていて留守だが、自分と母親の住む部屋のなかを、父親に見せたかったのだ。コーヒーメーカーの使い方はわからないけれど、紅茶なら望子にも淹れることができる。

「いや、やめとく」

父親はこたえた。玄関に、居心地が悪そうに立って。

「わかった」

望子は言い、長靴を履いた。紺色の、母親とお揃いの長靴。

「窓の戸締まり、した？」

ドアをあけた父親がふり返って訊き、望子は「大丈夫」とこたえる。そんなやりとりのあとで、おもてにでた。

歩き始めてすぐ、父親が片方の手をいつもの形にしてくれたので、望子は飛びついて手をつないだ。いつもの形というのは、身体の脇にまっすぐ腕を垂らし、手首から先の部分だけをうしろに向けた形で、手をつなごうという合図だ。手をつなぐこと自体よりも、望子には合図の来たことが嬉しい。それを自分が見のがさなかったことも。

父親の傘は黒くて大きく、望子の傘は水色に白の水玉模様で小さい。望子は傘を肩によりかからせて持つので、手をつないで歩いていても、傘は父親の身体にぶつかったりしない。

「きょうシーナさん来るの？」

望子が訊くと、父親は、

「たぶんね」

とこたえた。

「望子と行くって伝えてあるから」

と。望子と父親の声の外側で、雨粒が傘にぶつかる音がしている。

駅につくと、父親は自分のＩＣカードを一枚望子に貸してくれた。ピ、と音を立てて改札を通る。展覧会は恵比寿でひらかれているので、埼京線に乗った。

もしきょうシーナさんが来るなら、望子が会うのは保育園のとき以来だ。でも、父親の学生時代からの友達で、カメラマンだというシーナさんのことはよく憶えている。背が高くて痩せていて、遊びに来るとき、望子に必ず絵本を持ってきてくれた（それらのうち、母親に処分されなかったものは、いまも望子の部屋にある）。望子の父親はお酒をのめないけれど、シーナさんはお酒をたくさんのめたので、彼が来るのを母親は歓迎していた。「わーい、今夜はのめるぞ」と言って。

会場は、恵比寿の駅から歩いてすぐの、大きくて立派な建物だった（そこにつく前、恵比寿の駅ビルのなかには動く歩道があって、望子はそれが気に入った）。父親が携帯電話で連絡すると、すぐにべつな建物からシーナさんがでてきて、

「ちょっと、そこの喫茶店で打合せしてた」

と言い、望子を見ると、

「おー、望子」

と言った。

「でもこれ、ほんとうに望子か?」

とも。望子が驚いたのは、シーナさんが、あまりにも望子の記憶の通りのシーナさんだったからだ。顔や声や雰囲気ばかりではなく、服までも(丈が長くてポケットがたくさんついた、深緑色のコートは間違いなく望子が何度も見たことのあるものだ)。

「こんにちは」

望子が挨拶をすると、

「昔は抱きあげられたけど、もう抱きあげられないな。あたりまえだな、こんなに大きくなったんだから」

と言い、

「お母さんは元気?」

と訊く。元気ですとこたえたあとで、望子が母親に言われた通り、

「母がよろしくとのことです」

と伝えると、

「おー、母ときたか」

と言ってシーナさんは目を細めた。

三人で会場に入ったけれど、シーナさんはすぐにいろいろな人に呼び止められて、名刺をもらったり雑談したりしなければならず、だから望子と父親は二人で見て回った。全部で六人の写真が展示されており、六人とも全然違っていた。夜の街角（たぶん外国）の写真ばかり展示している人や、ラジオと目覚まし時計の一部分とかたべかけのケーキとか、人の足とテーブルの脚とか、物のアップばかり撮っている人もいた。巨大な写真も中くらいの写真も小さい写真もあり、スクリーンに次々映しだされる写真もあった。シーナさんの写真には、どれも動物が写っていた。キツネとか小鳥とか犬とか、ウサギとかカエルとか。一枚だけ、とても装飾的で家具が多く、色使いの派手な部屋に立っている女の人の写真があって、望子は、自分ならこれはここに――せっかく広々した自然のなかの、かわいい動物たちの写真がならんでいる場所に――飾らないだろうと思った。

シーナさんを見つけて挨拶をして（「どうだった？」と訊かれたとき、望子は女の人の写真についての感想は言わず、動物たちがかわいかったとだけこたえた）、会場をでた。雨はまだ降っていて、そこらじゅう濡れた匂いがしている。傘をひろげたとき、「望子」とうしろから呼ばれ、ふりむくと父親のスマホのカメラのシャッターがおりた。

「最近、何かおもしろいことはあった?」

駅ビルのなかの喫茶店でホットケーキをたべているとき、父親に訊かれたので望子は一週間前にりっちゃんが来たことを話した。りっちゃんの車で自然観察公園に行き、そのあと焼肉をたべたことを。

「りっちゃんか。なつかしいな」

父親は言い、

「あの子はあいかわらずなの?」

と訊いた。

「あいかわらずって?」

訊き返すと、

「いや、なんでもない。元気なのかなって思っただけだよ」

と言うので元気だったと望子はこたえた。

「お父さんは? 最近何かおもしろいことあった?」

尋ねると、

「俺? 俺はとくにないなあ」

という返事で、望子はホットケーキに戻った。父親との会話は、よくこんなふうになる。こんなふうというのはつまり途切れがちに。店のなかは空調がきいていてすこし寒く、他の席に坐っているお客さんたちはなぜか一人で来ている人が多く、みんなスマホや自分ののみものに目を落としているので、話し声は聞こえない。でも音楽が流れていて、それは望子の知らないクラシックの曲だ。

「このお砂糖、いつも行くお店のやつとおんなじだね」

何か言った方がいい気がして、望子は言ってみる。ガラスの容器に入った、うす茶色のかけら砂糖。

「ああ、コーヒーシュガー」

父親は言い、砂糖の名前がいきなり判明する。

「氷砂糖ともいうけど」

追加情報がもたらされ、望子の視界がすっきり晴れる。氷砂糖。なんてぴったりの名前だろう。これは覚えておかなくては――。

店をでて、母親へのお土産にパンを買ってから電車に乗った。雨は依然として降り続いていて、電車のなかはむうっと湿った匂いがした。

父親はマンションまで送ってくれた（また合図をだしてくれたので、望子は手をつないだけれど、行きと違って帰りはすこし淋しい)。一階のエントランスまで来たとき、「ちょっと入る?」と言おうかどうしようか迷った。でも淋しい気持ちがどんどんふくらんでいたので、その気持ちをこれ以上ひきのばしたくなくて言わなかった。それに、言ってもたぶん父親はまた、「やめとく」とこたえそうな気もした。

「今度はもっとゆっくり、ごはんもたべよう」

父親は言い、

「きょうの写真、お母さんの携帯に送っておくから」

といつも言うことをまた言って、雨のなかで片手をあげた。

雨は翌日も、その翌日も降った。

夜、望子がベランダから見てみると、街灯に照らされて黒々と光る川は流れが速く、こういうときだけは、道と土手を隔てる高いフェンスに感謝したくなる。母親はまた誰かと電話で話している。

「うん、わかる。四丁目の交差点って、和光のあるところでしょ? え? ニッサン? ニッサンなんてあったっけ?」

虫が入らないように網戸は閉めてあるけれど、ガラス戸はあけてあるので、ベランダにいても声は聞こえる。

「あー、わかった、わかった。ギンザシックスよりちょっと手前のビルの、二階か三階でしょ？」

母親の声を聞きながら、望子はハキについて考えている。ハキとは何かについて。「あの人も悪い人じゃないんだけど、もうすこしハキがあればねえ」とか、「だってあの人、ハキってものがないんだもの」とか、望子の父親のことを話すときに、おばちゃんがよく言うからで、望子のイメージでは、ハキというのは元気みたいなものだろうと思うのだが、でも父親はべつに病弱というわけではない。

元気はでたりでなかったりするけれど、ハキもでたりでなかったりするのだろうか。おばちゃんの言い方から、なんとなくそうではないように望子には思える。〝怒りっぽい〟とか〝やさしい〟とかとおなじように、それは人の性質であり、だからたぶん、あるかないかのどちらかなのだ。

望子自身も、ときどき母親に「ハキがないわねえ」と言われる。部屋でごろごろしているときや、言われたことを即座にしないときなんかに。母親にとってもおばちゃんにとってもハキが重要なものらしいことはわかるのだが、望子には、どうすればそれを獲得できるのかわからない。ハキがないと言われるたびに、望子は父親を思いだす。そして、そういうときには、自分を多々良の子じゃなくて近藤の子だと感じる。

おばちゃんにハキがないと思われていることを、父親は知っているだろうかと望子は考えてみる。たぶん知らないだろうと思ったけれど、大人はほんとうによく喋るし、とくにおばちゃんはたくさん喋るので、本人に直接（たぶん父親のためを思って）意見したことがあるのかもしれない。もし父親が知っているなら、望子は自分も母親にときどきそう言われるということを、父親に教えたいと思う。自分たちがおなじか、すくなくとも似ているということを。

雨は全然やむ気配がない。台風みたいではなく穏やかで細かい雨だけれど、道も川もベランダの手すりも、まんべんなく黒々と濡らしている。

望子が部屋に戻ると母親の姿がなく、探すと寝室でまだ電話中だった。スピーカーフォンにして、乾燥機からだした洗濯物をたたみながら話している。

「でも怪獣なんでしょ？」母親が言い、「怪獣だけど、もとは人間だったっていう設定みたい」と相手が言う。「全部そうみたいよ」と。「へえ」「私も知らなかったんだけど、廉《れん》が教えてくれたの。結構ディープな話でね、それが」

そこまで聞いて、望子には電話の相手が麻美《あさみ》さんだということがわかる。麻美さんは母親の高校時代の友達で、レンくんという、望子とおない年の息子がいる。

「ちょっと待ってね、望子が来た」

母親が言うと、電話から、

「望子ちゃーん、ハロー」

という声が聞こえた。

「麻美」

と、もうわかっていたけれど母親が教えてくれたので、望子は電話に近づいて、

「こんばんは」

と言った。

「いまね、お母さんにジャミラの話をしてたの。望子ちゃん、ジャミラって知ってる?」

知りません、と望子がこたえると、

「そうよね、知らないわよね」

と麻美さんは言い、それについて説明しようとした。

「悲しい話なの。もともとは――」

けれど母親がさえぎって、

「で、そのフィギュアがほしいと」

と言ったので、説明は聞けずじまいになった。

「そうなの。それが高いのよ。アマゾンで見てもね、一体――」

母親がスピーカーフォンをやめ、電話を耳にあてたので、結局その先もわからずじまいだった。


千秋楽の日、母親の仕事が休みだったので、望子はおばちゃんの家ではなく自分の家のテレビで相撲を観た。もちろんおばちゃんも遊びに来ていっしょに観たのだが、ガラステーブルに枝豆やちくわ（なかにチーズやきゅうりを詰めるとき、望子も手伝った）、それにおばちゃんが買ってきた焼き鳥がならび、「升席《ますせき》で観ているみたい」になった（望子は行ったことがないが、升席ではそういうたべものがでるらしい）。相撲を観ているあいだも、勝負と勝負の合間に、おばちゃんと母親はずっと喋っていた（「でも、なんで入院するの？」「それをはっきり言わないのよ。こっちも訊きにくいじゃない？　そういうことって」「まあねえ」「万が一、命にかかわるような病気だったら何て言っていいかわからないし」「どこの病院？」「そんなの訊かなかったわよ。訊いたらお見舞に行かなきゃならなくなるじゃないの」）。

昼間、ものすごくいい天気だったので、夕方になっても窓から入る光があかるかった。結びの一番で照《てる》ノ富士《ふじ》と貴景勝《たかけいしょう》の勝ち星がならんだので優勝決定戦にもつれこみ、テレビの内側も外側も大いに盛りあがった（優勝は照ノ富士）。琴恵光は引き落としで若隆景《わかたかかげ》に勝ち、遠藤は押しだしで正代《しょうだい》に負けた。

あしたから七月までまた相撲のない日々になるのだと思うと淋しかったけれど、今場所の琴恵光（九勝六敗）と遠藤（十一勝四敗）の健闘をたたえて、望子とおばちゃんは麦茶とビールで乾杯をした。

おばちゃんが帰り、夜ごはん（すでに升席的なものをいろいろたべてしまっていたので、うどんのみ）をたべたあと、仮縫いの終っていたワンピースを試着した。水色の布はすとんとしたまっすぐなラインのワンピースに、クリーム色の地に茶色い小花模様のついた布は、ウエストにたっぷりギャザーをとったワンピースになった。望子はどちらも気に入った。母親の寝室で（なぜなら、全身の映る鏡はそこにしかないので）、一枚を順番に着て（新しい服を着ると、見慣れているはずの自分が見慣れない子供に見えておもしろい）。

「これ、ちょっとぴったりすぎない？」

と望子は小花模様のワンピースについて言った。

「そりゃそうよ、ぴったりに作ってるんだから」

母親はこたえる。

「そうだけど……」

母親は毎年望子に夏のワンピースを作ってくれる。どれも洒落ているのに、一年か二年で、すぐに着られなくなってしまう。望子はそれが残念で、せめて二年は着たいと思っている。

「こっちの水色のはすとんとしてるから、すそのあげをおろせば来年も着られるかもしれないけど、こっちのはぴったりしてるから、これだと来年着られなくなっちゃう」

望子がそう説明すると、

「子供はそんなこと考えなくていいの」

と言われた。

「こういうギャザーの服はね、上半身がぴったりしてないとだめなの。そうじゃないと、ギャザーの効果が半減しちゃうの」

と。

「べつにきつくはないでしょ?」

望子が着ているワンピースをあちこちつまんで母親は訊き、望子が「うん」とこたえると、「じゃ、脱いで」と言った。「まち針に気をつけてね」と。

のろのろと――そうしないとまち針が恐いし、しつけ糸が切れたりしたらいけないので――ワンピースを脱ぎながら、

「こないだね」

と、思いだしたことを望子は言った。

「シーナさん、深緑のコートを着てたからびっくりした。前にいっつも着てたやつ」

「深緑のコート?」

母親は訊き返し、望子が脱いだワンピースを拾う。

「お母さん憶えてないの?　長くて、なんかゴワゴワした生地で、ポケットがいっぱいついたやつ。シーナさん、昔いっつも着てたじゃない?」

「憶えてないわよ、椎名さんがどんなコートを着てたかなんて。望子よく憶えてるわね」

母親は言い、望子の部屋からパジャマを持ってきてくれる。

「ていうか、見たら思いだしたの」

戻ってきた母親に望子は言った。

「お母さんも、たぶん見たら思いだすよ」

「うーん、どうかな。べつにどっちでもいいけど」

母親は呟き、

「これ、今夜じゅうに仕上げちゃうね」

と言ってクローゼットからミシンをだした。

「で、そのコートの何がそんなにびっくりだったの？」

「だって、昔とおんなじだったから」

パジャマを着ながら望子はこたえ、母親がミシンの灯りをつけたりボビンをセットしたりするところを見ようとして近づいた。ミシンにボビンをセットするところを見るのが、望子はなぜか好きなのだ。切り口がぎざぎざになる裁断バサミやチャコペンシル、箱に入ったボタンや刺繍糸といった裁縫道具を見るのも。

母親はちょっと笑って、「昔っていったって」と言った。

「昔っていったって、たかだか三、四年前でしょ」

と。

「でも、そうね、望子にとっては昔かもね」

そうつけ足し、めったにしないことをした。望子のほっぺたに指でさわり、それから頭をなでたのだ。

ミシンの準備が整うと、

「もう寝なさい」

と母親は言い、ワンピース（水色の方）をセットしながら、望子の顔は見ずに、

「服が毎年着られなくなるのは子供だけだし、それでいいの。大きくなれるうちはなっておきなさい」

と続けて、だだだだだだ、といきなり勢いよくミシンを作動させた。


〝コットンキャンディ〟〝ヌード〟〝ピーチ・ピーチ・ピーチ〟〝サッチアリリーフ〟〝シュガー〟〝ナマステ　イン　トゥナイト〟〝チェリーブロッサム〟〝ラッキーガール〟〝ミステリアスガール〟〝デューン〟

マニキュアには、いろいろおもしろい名前がついている。ドラッグストアの棚にならんだそれらを一つずつ手にとって、望子と美津喜ちゃんは感想を言い合う。

「名前はかわいいけど色がいまいちだね」

とか、

「色はいいけど名前の意味がわからないね」

とか。

「これをつけたら、爪がきっと魔女みたいになるね」

とか、

「こっちは血だらけみたいになるよ」

とか。そうやって比較検討した結果、望子のいちばんは〝パウダースノウ〟という名前の、きらきらした白いマニキュアに決り、美津喜ちゃんのいちばんは、〝サーモン〟という名前の、オレンジピンクのマニキュアに決った。といっても、買うわけではない。ここに来たのは美津喜ちゃんがまた学校の帰りにお使いを頼まれていたからで、実際に買うのは紙おむつだ（似た商品がたくさんあるなかで間違わないように、美津喜ちゃんは買うべき紙おむつの外袋を、くしゃくしゃにまるめてランドセルに押し込んで来た）。

ドラッグストアのなかは広く、様々なものが売られている。歯ブラシだけでも驚くほどたくさんあるし、薬や化粧品の他に、外国製のキャンディなんかも置いている。だから紙おむつの棚に行く前に、望子と美津喜ちゃんは入浴剤のサンプルの匂いをかいだり、マニキュアの色と名前を比較したり、箱に入った状態でも湿布薬の匂いがわかるかどうか確かめたりした（匂いは全然わからなかった）。

レジにならんでいるとき、うしろにいる女の人二人が話している声が聞こえた。

「蛇口までぴかぴかに磨いてくれちゃったの」「いいじゃん」「床もつやつや」「すごいね」「ランタンっていうの？　電池式のランプみたいなのを部屋に幾つも持ち込んでくれて」「きゃあ、ロマンティック」「ていうか、電気が止まってるからなんだけど」「え？　電気止まってるの？」「うん」「なんでよ」「なんでって、電気代払ってないからだけどさ」

紙おむつは千七百七十三円だった。

川ぞいの道で美津喜ちゃんと別れて、望子は一人で土手の遊歩道に入る。大人の川と子供の川、木々と草花、釣りの人たち——。平日の昼間でも、釣りの人たちはいつもいる。望子の祖父母のように、仕事を引退したのだろうと思われる年恰好の人もいるが、望子の父親くらいとか、もっと若く見える人たちもいて、この人たちは会社や学校に行かなくてもいいのだろうかと、望子はいつもすこし不思議に思う（みんな望子の母親のような、不定休の仕事なのだろうか）。

つっちっぴ、つっちっぴ、と小鳥が鳴いている。つっちっぴ、つっちっぴ、と声はたくさん聞こえるのに姿は見えず、水鳥たちは見えるけれど、彼らは一羽も鳴いていなくて、みんな静かに水面に浮かんでいる。

「でも、貝でしょう？　貝なんて、冷凍したら殻が割れちゃわない？」「割れないわよ。買ってきたらすぐ砂を吐かせて、水気を拭き取ってから冷凍すればいいの」

ベンチに坐ったおばさん二人が話している。ベンチ脇の叢に望子は〝ツバメ〟を見つけ、しゃがんで一本折り取った。

「貝を冷凍できるなんてちっとも知らなかった。鮮度が命なんだとばっかり思ってた」「そうよ、鮮度が命よ。だからこそ冷凍するんじゃないの」

望子は立ちあがり、〝ツバメ〟の形を注意深く整える。鋭角的な葉っぱを一つずつひらいて、よりツバメらしく見えるように。そしてまた歩き始める。

川のそばの風は、普通の道の風と全然違うので、目をつぶっていてもそれとわかると望子は思い、実際に目をつぶって確かめてみる。川のそばの風のつめたさや匂いを。

「だめだめ。ブルネイってイスラム教の国でしょ、お酒のめないじゃない」「いや、旅行者はのめるらしいよ。一定量の持ち込みが許されてるらしい」「そうなの?」

カップルが、話しながら望子を追い越して行った。帰っても相撲がないからつまらないなと望子は思った。フェンスの切れ目を幾つもやりすごし、さらに遠くまで歩く。

正面から自転車で近づいてきた男の人が、あきらかに望子に向って笑顔を見せて、すれ違いざまに言葉を発した(それは「うーす」と聞こえた)。誰だかわからず、反応できずにいるうちに自転車は行ってしまったが、行ってしまったあとになって、それが誰だったか思いだした。濃く日に灼けた、しわの多い顔——。「はい、緑ハイいっちょう焼酎ぬきで」といつも言う、焼肉屋のおじさんだ。それともお兄さんと言うべきだろうか（自転車に乗っている姿は、お兄さんぽくも見えた）。大人の年齢は、望子には見当がつかない。

川のある街　Ⅱ

そのカラスは、遊覧船の屋根にとまって川下りをするのが好きだった。なわばりとしている界隈のパトロールになるとかそういうことではなく、水面を渡る風が涼しくて、単純に気持ちがいいからだ。それに、船の操縦者がときどき油ぎった袋菓子を分けてくれる。だから彼はほぼ毎日、こうして川下りをするようになった。

船には操縦者以外の人間も乗っているが、周囲の景色を眺めたり写真を撮ったり、連れ同士で親密に頭を寄せ合ったりすることに夢中で、たいていの場合、屋根の上のカラスには気づかない。が、たまに目ざとい個体（「ママ、見て、カラス！」あるいは、「げ、カラス。なんか不吉じゃね？」）もいて、注目された場合には即座に飛び去ることにしている。人間に対してふてぶてしい態度をとれることを誇りとしているカラスたちもいるが、彼は違った。

住宅地に引き込まれた狭い運河から出発した船は、しばらく街のなかをめぐる。幾つもの橋の下をくぐる。橋の上にたまたま人間の子供たちがいると、彼らはかなりの確率で船に向って手をふる。すると、船の上の人間たち（ほとんどが他所《よそ》から来た個体で、この街の生きものではないことをカラスは知っている）も、身をのりだして手をふり返す。意味不明だが、人間の奇妙な習性の一つとして、カラスは毎回興味深く観察する。

彼自身は知らないことだが、このカラスは十一歳だった。ハシボソガラス（英語ではキャリオン・クロウ）の雄であり、個体の特徴として、翼の先端が生れつき部分白化している。

それまで流れていた単調な音声（「欄干には、七十二枚のステンドグラスがはめ込まれています」あるいは、「室町幕府十代将軍、足利義材《よしき》の銅像が設置されています」）が途切れると、船が川から海にでるしるしだ。カラスは急いで翼をひろげ、力強く羽ばたいて舞いあがる。しばらく飛んで、白砂の浜におりた。海のそばはいいが、海の上はあまり好きではないのだ。それに、あの遊覧船は海にでるとスピードがあがり、ひどく揺れる。それを無事回避した彼は、きょろきょろとあたりを物色する。きょうも浜辺は静かだ。砂浜は広く、ところどころにべつな鳥がいた。カモメとか、彼の嫌いなトビとか。何をされたわけでもないのに、どういうわけかトビには我慢ならないのだ。かつては、姿を見ればわざわざ追って鳴き立て、よそへ行かせたものだった。小柄ながら頼もしかった一羽の雌とタッグを組んで。あの雌と自分とは完璧なペアだったとカラスは思う。肌が合うというより鼓動が合った。そう、鼓動。いちばん恋しいのはそれだった。自分とは別の個体の身体のなかで、たくましく打っていたあの心臓。彼女が死んでしまって以来、このカラスは営巣していなかった。自分がまだそれほど年老いていないことは感覚としてわかっていたが、雌を見ても衝動を感じないので仕方がないのだ。

遠くから運ばれ、すっかり白くなった流木の一つにカラスはのっかってみる。つかみ心地のいい木だったので、持ちあげたり落したりしてしばらく遊んだ。そうしているうちに空腹を感じ（そういえば、きょうは船の操縦者に油っぽい菓子をもらえなかった）、いちばん近いたべものの隠し場所に向う。それは国道沿いの大きな家の庭の隅だ。樹木が密集しているため、その家の住人さえ滅多にやって来ない。

カラスというものは、たいていいつも空きっ腹をかかえている。飛ぶのにとても体力が要るのだ。それであちこちにたべものを隠しておくわけだが、彼が自分でも奇妙だと思うことに、何を隠したのかはすぐに忘れてしまう。あそこに行けば何かあるはず、という曖昧な記憶しかないのだ。上手に隠しておいたつもりでも、他の生きものに持ち去られたり、食べられたりすることもままある。大切なのは失望を覚悟しておくことで、自己認識として、彼はそれに長《た》けていた。現実を、つねにあるがままに受け容れることに。

彼のなかで小さな喜びがはじける。格子模様のついた軽いせんべいの、大きなかけらが二つ、無傷で出現したからだ。それが自分の隠したものか否かは、もはやどうでもよかった。カラスは猛然とついばむ。つついてひびを入れ、くわえてふりまわし、割って、のみ込む。たべものが喉を滑りおりると、それだけで力が湧く気がした。

なんとまあ、変っている。おなじ庭の、枇杷《びわ》の樹の枝にとまったカラスは、地面で何かをつついているカラスを眺めながら思った。ここにこんなに枇杷の実がなっているのに、見えないのだろうか。根元には、いい具合にやわらかく腐りかかった実だって幾つか落ちてつぶれているというのに（彼は、そのぐずぐずの実を枝の上に運んでたべ散らかしたところだ。このあともうすこしくわえて、巣にいるはずの雌に持ち帰るつもりだった）。隠し場所をまったく憶えていられないので、このカラスは貯食に否定的だった。たべものというのはつねに一期一会だと考えていた。すべては〝いま〟をいかに享受するかにかかっているのだ。それに、と、地面のカラスを見おろしながら彼は思う。それに、物をたべるなら、樹の上なり屋根の上なり、すこしでも高いところに移動してたべるべきだ。そうではないだろうか。ごみ置き場を漁るときを唯一の例外として、このカラスは地面におりるのが好きではなかった。当然だろう、とカラスは思う。地面というのは巨大な墓場なのだ。これまでに、いったい何羽のカラスが地面に落ちたことだろう。彼自身、高速道路で事故に遭った個体や、落ち葉に埋もれて朽ちかけた個体を何度も目にしたことがある。他の鳥や虫もしょっちゅう死んでいる。それらをすべてのみこんだ地面は、妖気を発しながら次の獲物を待ち構えているに違いなかった。ガードレールの上でも郵便ポストの上でもいい、彼は土やアスファルトに触れずに済む場所にいたかった。

彼は九年生きていた。ハシブトガラス（英語ではジャングル・クロウ）と呼ばれる種に属し、仲間のうちでも際立って立派な筋肉と、大きな翼を持っている。

またあのカラス、と、魚住夏子は思った。ほぼ直角まで背を起こしたベッドからは、窓の外がよく見える。病院に隣接している中学校の屋上に、そのカラスはほとんど毎日現れるのだ。金網の上にとまって、こわそうに下をのぞき込む様子は、まるで身投げでもしようとしているみたいだった。ときどき羽ばたくが、ごく近くを旋回するだけで、また元の金網に戻る。その旋回すらせず、羽ばたきながらその場でジャンプをしているだけのように見えるときもあり、ユーモラスで、夏子はついじっと観察してしまう。入院生活も二か月目に入り、退屈しているせいかもしれない。

「いい子でしょ、すごく」

廊下側のベッドから、菊村さんが話しかけてくる。たったいま帰った見舞客について言っているのだとわかったけれど、その女性がいい子かどうか、夏子にはわからない。狭い病室での会話が筒抜けだからといって、いつも聞き耳を立てているわけではないのだ。

「弟の元カノで、あたしたち家族はみんな、彼女と結婚するものだとばかり思ってたのに、うちの弟はあんぽんたんだから、東京で変な女につかまっちゃって」

菊村さんは話し好きだ。声も身体もたっぷりと大きい。三度目の出産を前に、妊娠高血圧症候群というものになり、すこし前からここに入院している。目鼻立ちがくっきりしていて、美人の部類に入るのだろうと夏子は思う。入院中でなかったら、家でも毎日ばっちり化粧をしていそうなタイプだ、とも。

「弟が突然結婚するって言いだした相手っていうのがね、製薬会社に勤めるエリートで、もともと帰国子女で、こっちの大学をでたあとイギリスに戻って向うの大学院を卒業した才媛だっていうんだけど、話がうますぎるでしょ？　出会ってまだ日が浅いのにいきなり結婚っていうのも怪しいし、弟はだまされてるんじゃないかと思うのよね。結婚詐欺とか、あるでしょ？　経歴だってほんとかどうかわからないんだから、興信所でもなんでも使って調べなさいってあたしは言ったの。だって、そんな高学歴な人が、いったい何が悲しくてあんたのお嫁さんになろうなんて思うわけ？って」

夏子は相槌に困り、

「でも、じゃあ、さっきの人は弟さんと別れちゃったのにお見舞に来てくれてるの？」

と話題をすこし戻した。

「そうなの！」

菊村さんはあっさり食いつく。

「昔からお姉さんって呼んで慕ってくれていて、弟がいなくても姉妹みたいなもんっていうかね」

「なるほど」

夏子が東京からこの土地に嫁いで十三年になる。だから、よくわかった。家族や親戚の結びつきも強いが、血がつながっていなくても、おなじ場所に昔から住んでいる人同士の結びつきが強い土地柄なのだ。地縁、と夏子の義母は呼ぶ。代々ここに住むということ、ここで生れるということ――。

「ただいまあ」

大儀そうな足どりで、こわいほど若い（なにしろ、まだ十九歳なのだそうだ）翔子《しょうこ》ちゃんが病室に戻ってくる。看護師に伴われ、極限までせりだしたお腹《なか》を抱えて中央のベッドに腰をおろした翔子ちゃんに、夏子は「おかえりなさい」と、菊村さんは「おつかれさま」と、それぞれ声をかけた。安静が必要な夏子や菊村さんとは違って、予定日を一週間過ぎても赤ちゃんがでてこず、きのう入院してきた翔子ちゃんは運動する（病院内を一日に何度もぐるぐる歩く）ことを奨励されている。おなじ入院中の妊婦でも、事情や症状はひとりひとり違う。

夏子は五か月で前期破水した。子宮に穴があいたのだと説明されたときにはぎょっとしたが、そう珍しいことでもないらしく、絶対安静の確保と経過観察のために入院している。医師のオーケイがでれば帰れると言われてはいるが、そのオーケイがでないまま、すでに一か月以上経過していた。

「あー、バナナケーキたべたいな。いま、急にすごくたべたくなった」

翔子ちゃんが言い、

「バナナケーキじゃないと思うけど、ケーキっぽいものなら冷蔵庫に入っているわよ」

と菊村さんが応じる。

「さっき弟の元カノが持ってきてくれたから」

と。

窓の外に目を転じると、屋上のカラスはいなくなっていた。

「え、いいんですか、いただいても」

「どうぞどうぞ。あたしはほら、すこし体重を減らすようにって医者に言われてるから」

でも、菊村さんが夜中に冷蔵庫をあけて、ときどきこっそりサンドイッチやケーキをたべていることを、夏子は知っている。


産婦人科病棟からおよそ二キロ南に下ったパークゴルフ場では、ナラの樹の茂みで一羽のカラスが苛立っていた。クラブハウスの窓ガラスに陽光が反射して、ふいにまぶしくぎらんと光ることや、テラスのテーブルにたべものがでているのに、そばに人間がいるので奪えないこと（彼女の相棒であるあの強い雄なら、大胆に急降下してたべものを奪い取り、この樹の上まで持ってきてくれるはずだ）、のみならず、ベンチで新聞をひろげているその人間の、姿形や態度（たべものにまるで注意を払っていない）まで気に障った。それで、翼をひろげ、巣のある樹のまわりを飛びまわっては元の枝に戻る、という意味のない動作をくり返しているのだが、苛立ちは収まるどころかいや増すばかりだった。巣のなかには誰もいない。四羽いたヒナたちは二羽が死に、二羽が巣立った。だからもう彼女はここで見張る必要はないのだし、しゃにむに誰かを守ろうとする必要もない。雄同様、どこにでも飛んで行かれる。のに、巣のそばを離れたくなかった。理由が自分でもわからず、もしかするとそのわからなさ故に苛立っているのかもしれなかった。ともかく眼下の人間が目ざわりだった。苛立ちはカラスの全身をめぐり、制御できない勢いで喉元まで迫りあがってきて、カアッとカラスは大声をだした。衝動のままに飛び立ち、ベンチに坐っている人間めがけて滑空する。接触はしないが、十分に衝撃を与えられる近さで相手をかすめるように飛ぶと、人間は小さく声をだし、片方の肘をあげて身をかばった。立ちあがり、そのまましばらくじっとしていたが、カラスが遠ざかると落した新聞を拾いあげ、おなじ場所にまた腰をおろしてしまった。まるで何もなかったかのように。もう一度突進しようとしたとき、羽ばたきの音と共に大きく力強い身体が現れ、それはもちろん彼女の雄で、彼女のなかに、たちまち安堵と喜びがひろがる。みっしりと発達した筋肉と、青味を帯びた独特の羽色――。この雄の佇《たたずま》いは、いつ見ても彼女の心をふるわせる。が、雄は巣から離れた枝にとまった。他人みたいに。いつもそうなのだ。だから彼女の方から動かなくてはならない。雄のいる枝に飛び移り、横歩きをして近づくと、雄は「寄るな」と言うかのように、数歩横にずれた。そして、あいだにできた空間に、くわえていた枇杷の実を二つ置いた。ぐずぐずに崩れかけていたが、彼女はまったく気にならなかった。早速ついばみ、うれしくのみ込む。たべることは純然たる喜びだった。風が渡り、ナラの葉がいっせいにざわめく。ベンチにいる人間のことは、どうでもよくなっていた。

歩くとさがってくる靴下を、しょっちゅう立ちどまってひっぱりあげながら歩くので、真凜《まりん》はどうしても友人たちから遅れてしまう。頭のてっぺんに照りつける日ざしが熱い。みんなの靴下はどうしてさがってこないんだろう、と真凜は不思議に思う。が、しゃがんだまま顔をあげると、前を行く友人たちの靴下も、のきなみさがっていた。

学校ではグループ下校が奨励されている。おなじクラスの、家の近い人たちがいっしょに帰る。真凜のグループは五人だ。とくに仲がいいわけでも悪いわけでもない五人で、女子が三人、男子が二人いる。歩いている途中で誰か一人が走りだすと、みんなもつられて走りだす。真凜は走りたくないので、ますますみんなから遅れてしまう。そういうとき、赤松健吾くんだけが、中途半端に走っては立ちどまり、みんなと真凜のあいだで困ったように待っていてくれるのだが、それは真凜の母親がいちばん家の近い健吾くんに、真凜をよろしくねとしょっちゅう言っているからだ。みんながなぜ突然走ったりするのか真凜には謎だ。急いでいるのかと思うとそうでもなくて、頭を寄せ合って一冊の漫画をのぞき込んだり、橋の上にとどまって待ちかまえ、下を通る遊覧船に手をふったりするのだから。謎といえば、下校グループのもう一人の男子である大岡悠人《はると》くんが、いつもランドセルを背中側ではなくお腹側に掛けて持っているのも謎だし、何の前ぶれもなく奇声（うおーっ、とか、きょえーっ、とか）を発する理由も謎だ。

ともかくそんなふうにして、きょうも五人で下校した。小道に入るところで一人減り二人減りして、いちばん遠くまで帰るのが真凜、二番目が健吾くんだ。

「じゃあね、またあした」

ソルフェージュ、と書かれた看板のでている家の角で健吾くんが言い、

「またあした」

と真凜もこたえる。そこから先は、一人だけの道だ。ガソリンスタンドの前を通り、自動精米所の前を通る。あいかわらずずり落ちてくる靴下を、いちいちしゃがんでひっぱりあげながら。

途中にある、家神さまの祠《ほこら》の屋根に一羽のカラスがとまっていることに、真凜は気づかなかった。が、カラスの方では真凜を見ていたし、これまでに何度も見たことを憶えてもいた。というのも、彼女(現在七歳のハシボソガラス)にしてみれば、巣立った直後の日々に見つけた居場所であり餌場でもあった水田を、真凜と共有していたからだ。人間の子供、というカテゴライズの方法を知らなかったので、生きもの、とだけ思っていた。彼女はまだ群れを見つける前で、この世界に一羽きりでぽつんと存在していた。その生きものも、一人きりでそこにいた。毎日。おぼつかない足どりであぜ道を歩きまわり、足が濡れるのも構わず稲のあいだに入り込んだり、小さな道具で水をすくったり、カエルをつかまえようと奮闘したりしていた。彼女を見ても恐れるそぶりを見せず、彼女の方でもまた、その生きものが恐くなかった。どちらも声は立てなかった。礼儀正しく距離を保っていた。それでも互いに相手の存在を意識していたし、見つめ合うこともあった。鮮明な映像として、カラスはその光景を記憶している。あれは、時間が始まる前の時間だったとカラスは思う。当時はまだ世界のルールを知らなかったし、世界の広さも知らなかった。いま見えている水田が彼女の知る世界のすべてだった。あの水田とあの生きものが。

その後、時間が始まった。彼女は群れを見つけて加わった（あのときの、ふるえるような感動は忘れられない。生れてはじめて、自分が何をすべきかわかったのだ。この世に一羽きりではなかったことも）。首尾よく自分用の雄も見つけ、いまでは春ごとに営巣する身だが、それでもときどきここに戻って、いまも水田が存在することを確認せずにいられなかった。自分の原風景ともいうべき場所を。

祠の屋根から見渡す水田は稲が青々としている。が、水と日ざしが色を拡散させるせいで、カラスの目に、それは住宅地に忽然と出現した小さな海が、自然発火して青く燃えているように見える。

学校から帰ると玄関に大きな靴があったので、健吾にはやっちゃんがもう着いているのだとわかった。漂っている酢の匂いで、母親がちらしずしを作ったのだということも。

「ただいまあ」

大きな声をだして居間に駆け込むと、はたしてそこにやっちゃんがいた。植物柄のアロハシャツ、日灼け、胡坐《あぐら》。テーブルの上にはお土産らしい幾つもの紙袋と、のみ終った紅茶茶碗。

「おかえり」

「おかえり」

おなじ言葉を言い合ったあと、健吾はランドセルをおろし、やっちゃんの真似をして胡坐をかいて坐った。父親の兄で、いまは沖縄に住んでいるこの伯父の帰省を、健吾はたのしみにしていた。が、「元気だったか？」「うん」とか、「こっちも暑いな」「うん」とか以上の会話ができない。大好きな伯父が相手とはいえ、ひさしぶりに会うと打ち解けるまでに時間がかかるのだ。仕方なく、健吾はやっちゃんの観ているテレビの相撲をいっしょに観る。まだ髷《まげ》が結えないので奇妙な長髪に見える、若い力士が闘っていた。

「健、帰ったの？」

母親が顔をだしたので、

「うん、帰った」

とこたえた。

「よかった。手を洗っておやつをたべたら、これ、真凜ちゃんのところに持って行ってくれる?」

　これというのは勿論ちらしずしだった。小ぶりの飯台に入れて布巾をかぶせてある。それと、何かべつの料理の入ったタッパー。

「え?　いま?」

　そう訊いたのは、やっちゃんと再会したばかりだったからで、べつに届け物をするのがいやだと言ったわけではない。のだが、母親は心外そうな顔をした。

「返事は『はい』でしょ」

　と言う。

「一度でいいから素直に返事をしてちょうだい」

　とも。

「こういうものは早く届けないと、あちらだって夕食の準備があるんだから、かえってご迷惑なの」

　健吾には、なぜいま自分が小言をくらっているのかわからなかった。理不尽だ、と思う。

「真凜ちゃん、お母さんが入院していて大変なのに、あなたは届け物にも行けないっていうわけ?」

そんなことは言っていない、と思ったとき、

「そんなことは言ってないよなあ」

とやっちゃんが口をはさんだ。のんびりとした口調で、でもはっきりとよく響く声で。ほら、やっちゃんはわかってくれてる、と思ったが、口にださないだけの分別は健吾にもあった。

「俺もちょうど墓参りに行こうと思ってたところだから、健、いっしょに行くか？」

それならば届け物もできるし、やっちゃんからも離れずにすむ。完璧な解決策に思えたので、

「行く！」

と即答すると、

「まったく調子がいいんだから」

と母親は呆れ顔をする（なぜ呆れられなければならないのか、健吾にはさっぱりわからなかった）。柱時計が、ぼーん、ぼーん、ぼーんと三時を打った。

「お、健吾時計、健在だな」

やっちゃんが言う。この柱時計は健吾が生れたとき、母方の祖父母から記念に贈られたもので、家族のあいだで健吾時計と呼ばれている。誰にも言ったことはないが、

一人っ子の健吾はひそかに、この時計を自分の双子の兄弟だと想像することがある。おなじときにこの家にやってきた仲間なのだし、性別はどう考えても男だ（そもそも名前が健吾時計なのだから）、と。

おもてはかんかん照りだった。

「お母さん、おやつまではりきったね」

家から十分離れるのを待って、健吾は言った。きょうのおやつは手作りのおはぎで、小豆、きな粉、青のりと、三種類もあった。

「そうなのか?」

やっちゃんはぴんときていないようだった。

「瑞樹《みずき》ちゃん、普段はおはぎを作らない?」

「作るけど」

健吾は口ごもる。自分で言いだしておきながら、言わなければよかったと思った。これは、たぶん母親の名誉にかかわる問題だ。作るけどたまにだし、その場合も一種類か二種類で、きょうのように三種類もならぶのはお客さんが来るときだけだ、と告げ口するわけにはいかない気が急にして、

「作る」

と言い直した。

「ふうん。作るけど作るか」

やっちゃんは可笑しそうにくり返す。

「うん。作るけど作る」

健吾もくり返した。

ガソリンスタンドを過ぎ、自動精米所の前を過ぎる。家神さまの祠の角を左折して、田んぼのひろがる一帯を抜けると真凜の家だ。近所で豪農と呼ばれている真凜の家は大きい。庭も広いし、母屋の他に離れと蔵とガレージがある。

「こんにちはー」

がらり戸をあけて声を張った。戸の内側は、不思議なほど温度が低い。そしてしんとしている。三和土《たたき》はすっきりと掃き清められ、靴が一足もでていないが、あがってすぐの廊下にはお中元と書かれた箱が積まれ、お面や屏風《びょうぶ》や活け花が飾られていたりもして、結構ごたごたしている。何度来ても馴れない、ハッカに似た真凜の家の匂い。

「留守かな」

健吾はやっちゃんに言い、

「こんにちはー」

ともう一度声を張った。

「はい、はい」

真凜のおばあちゃんがいきなりうしろから出現し、

「ごめんなさいね、蔵にいたもんだから」

と言いながら健吾たちの横をすり抜けて家にあがった。この人は健吾のひいおばあちゃんくらい年をとっているのだが、真凜のひいおばあちゃんではなくおばあちゃんで（でも近所にひ孫が三人いる）、知世《ともよ》さんという名前だということを健吾は知っている。知世さんは黄色いポロシャツを着て、グレイのずぼんをはいていた。服装はいつも若々しいのだ。

「これ、お母さんから」

健吾は言い、タッパーをさしだした。

「それはそれは、まあまあ」

「ご無沙汰してます」

ちらしずしを持ったやっちゃんが頭をさげる。おばあちゃんはそれまでやっちゃんの姿が目に入っていなかったはずはないのに、

「あらまあ、恭志《やすし》くんじゃないの」

とはじめて気づいたみたいに言い、じゃあ一体誰だと思っていたのだろうと、健吾は訝しく思った。

墓地は、そのカラス（ハシブト、雄、三歳。彼自身は知らないことだが、いまパークゴルフ場にいる雌雄が、三年前に育てたヒナだ）の気に入りの場所だった。たくさんならんでいる大きな石の、つるつるだったりざらざらだったりする感触が愉快なのだ。あたりがただの静かさとは違う、完璧で揺るぎない静寂に支配されているところもよかった。ここには車も自転車もやって来ない。人間も、たまにしか現れない。カラスは石に腹と胸をこすりつけて感触の差を確かめたり、隅にたくさん立て掛けられている卒塔婆《そとば》のうちの一本の、あえて側面につかまってみたりする。バランス感覚のよさを世界に見せつけるみたいに。

「まだ現役で教えてるってことは、あのころ二十代だったんだろうな」

声が聞こえ、いつのまにか人間が二人来ていた。カラスはあわてて卒塔婆から離れる。無防備かつ無意味な行動を、誰かに見られるのはいやだった。

「想像できないな」

「厳しい？」

「車で通勤してて、うしろに虹のステッカーを貼ってる」

「そんなでもない」

大人と子供だ。

「へぇ」

人間の言葉は理解できないが、二人が話の内容に集中していて、こちらに注意を向けていないことはわかった。カラスにとって大切なのはそれだった。

「あとね、猫好き。飼ってるだけじゃなく、職員室の机に猫の置き物とか、猫の写真のカレンダーとか置いてる」

「へぇ」

ひしゃくで石の一つに水をかけ、線香の束に火をつけて立てたあと、それぞれが手を合せて目をつぶる、という一連の動作をカラスは見守る。あの桶の置き場所をカラスは知っているし、人間が帰ったあとはたいてい桶の底に水がすこし残っていることや、そばのホースから地面に向けて、たまに水がだしっぱなしになっている、ということも、経験上知っている（そういうときは水浴びのチャンスだ）。

「そういえば、健、小学校の裏庭のさ、藤棚のそばにトーテムポールってまだある?」

「何?」

「トーテムポール。顔の彫られたオブジェみたいなやつ」

「オブジェって?」

人間の大人の歩き方はもっさりした犬に似ていて、子供の歩き方は鳥に似ている、ということに、カラスは以前から気づいていた。だから、彼の目には、大人より子供の方がまっとうな生きものに見える。声の通り方も、全身のバランスも、動きのすばしこさも。二人のうしろ姿を見送りながら、あんなふうに完成されている人間の子供が、やがて不恰好な大人になるというのは残念なことだとカラスは思う。


翼の先端が部分白化した寡男《やもお》のカラスは、夕方早めに神社の境内に戻った。そこをねぐらにしているのだ。おなじ境内には数百羽規模の若い群れがいるが、彼はそこに属しているようないないような、微妙な立場を獲得している。それは都合のいいことだった。若い雄は力を競いたがるし、ときに喧嘩に発展することもあるが、そういうこととは無縁でいられる。それでいて、一羽きりではないという安心感はあり、夜間のそれは貴重だった。

夏の日はゆっくりと暮れる。あたりが薄暗くなり、けれどまだ夜とは呼べない時間が彼は好きだった。群れの個体があちこちから帰ってくる。それぞれの一日を終え、挨拶の声をあげて。羽音で空気が波立ち、徐々に仲間の数が増える。それを感じながら、彼はうつらうつらする。短い夢（たいていは飛んでいる夢だ）をみたりみなかったりし、そのあいだにも仲間は戻り続けて、気がつくと境内の樹々はどれもカラスでいっぱいになっている。闇に溶け込んで、ひっそりと何百羽も身を寄せ合っている。騒がしくないと言えば嘘になるだろう。ときどき寝たままがくんと片脚をすべらせる個体がいたり、襲われる夢でもみたのか、いきなり羽ばたく個体もいる。二羽でじゃれ合う個体も。けれどそういうことの何一つ、誰も咎《とが》めないし、誰も興味を持たない。我関せずが、夜間の暗黙のルールなのだ。カラスたちはみんな睡眠時間が短く、いずれにしても二、三時間ごとに目をさます。だから夜のあいだ、群れは無数の見張りを置いているに等しい。死んだ雌の鼓動が恋しくなることもあるとはいえ、彼はいまの生活が気に入っている。とくに夜、大勢で眠るのはいいものだった。

「え？　ボーンベッドを知らないの？」

健吾は驚いて訊いた。

「知らない」

やっちゃんはあっさりとこたえる。朝から雨が降っていて肌寒いのに、きょうもアロハシャツ（フラダンサー柄）を着ている。

「有名だよ？」

言い足すと、

「どこで、誰に」

と訊き返された。

日曜日、健吾は恐竜博物館にいる。ゆうべ、やっちゃんがどこにでも連れて行ってやると言ったので、だめもとでリクエストしてみたのだ。なぜだめもとかと言えば遠いからで、前に家族で来たときには、新幹線と特急電車と普通電車とバスを乗り継ぎ、全部で三時間以上かかった。しかしきょう健吾が驚かされたことに、車だとその半分の時間しかかからず、あっけないくらい簡単に着いてしまった。家族のなかで、車の運転ができるのは母親だけだ（きょうやっちゃんが運転してくれたのも母親の車で、シルバーピンクの軽自動車は、やっちゃんいわく「意外にとばせる」）。健吾は助手席に坐って、ワイパーの動くフロントガラス越しに外を見ながら、生れてはじめて、大人になったら運転免許を取りたいと思った。車があれば、いつでも行きたいところに行かれる。

「なるほど」

解説文を読んでやっちゃんが呟く。

「要は骨のたくさん埋まった地層ってことだな」

うん、と健吾は肯定し、

「でも、これは普通のボーンベッドじゃないんだよ。恐竜がまるごと一頭埋まってるんだから」

と説明した。

「まるごと一頭だよ？　すごくない？」

埋められているのはカマラサウルスだ。前に父親が読んでくれた解説文によると、まだ幼体らしい。どうして死んでしまったのだろう。

「まあな」

やっちゃんが言い、その反応の薄さに健吾は失望する。大昔に絶滅した恐竜の本物が、まるまる一頭、骨になっていまもこの世に（というか、目の前に）いるのだ。感動せずにいられるなんて信じられなかった。

「なんだ？」

やっちゃんの口元が笑っている。

「なんで不満そうなんだ？」

「べつに」

健吾にもわかっていた。恐竜や化石の話が通じる人はすくない（小学校の友達には一人もいない）。でも、やっちゃんならもしかして、と思ったのだ。

「健吾はロマンティストなんだな」

やっちゃんが言い、ロマンティスト？ なんだ、それ、と健吾は思う。

「意味がわからん」

それでそうこたえた。

雨が降っているからか、日曜日なのに館内はすいていた。健吾はやっちゃんを先導して、何十体もある恐竜の全身骨格標本を見て回った。シアターでＣＧ映像（恐竜が走って近づいてくるときの、足音と迫力が最高）を観て、生命の歴史をたどれる部屋で、リアルで大きなジオラマも見た。

「真凜ちゃんも来ればよかったのにな」

カフェで〝化石発掘オムハヤシライス〟をたべているとき、やっちゃんが言った。

「仲いいんだろ、健吾と真凜ちゃん」

「仲いいっていうか」

健吾は返答に詰まる。真凜には、そもそも仲のいい友達というのがいないのだ。べつに嫌われているわけではないのに、嫌われている子みたいにふるまう。休み時間も席で本を読んでいるか一人で裏庭にいるかだし、先生や友達に話しかけられても、必要最低限の受けこたえしかしない。

「家が近いから」

健吾は無難なこたえを返す。

「うちのお母さんは真凜のおばあちゃんと仲がいいし」

「なるほど」

やっちゃんは〝化石発掘オムハヤシライス〟ではなく、普通のカレーをたべている。

「一口ちょうだい」

カレーの匂いにそそられて言うと、

「おう」

という許可の声が返った。

「こっちのもたべて」

礼儀正しく健吾はそう言ったのに、

「いや、いい」

とやっちゃんは即答する。

ゆうべ、恐竜博物館行きが決ると、健吾の母親は真凜も誘ったらどうかと言いだした。お母さんが入院していて、きっと淋しい思いをしているから、と。反対する理由もないので(反対したところで無駄だし)健吾も同意して、母親が真凜の家に電話をかけた。真凜ちゃん、何か他に予定があるみたい、というのが電話を切った母親の言ったことだったが、他に予定があるというのは断るための口実で、ほんとうはただ来たくなかっただけなのだろうと健吾は想像する。それならそれで、健吾はちっとも構わなかった。まわりの好意に背を向けるなら、ずっと向け続けていればいいのだ。

なぜなのか自分でもわからないのだが、そのカラスは雨が降ると気分が高揚した。習慣には抗《あらが》えないので仲間たち同様に雨やどりをするのだが、軒下とか葉の密集した樹のなかとか、屋根のあるバス停とか船にかけられたシートの下とか、ともかく濡れない場所を見つけてじっとしていても、さわさわとかちゃぷこぷという音を聞き、水が無数に空から落ちてくるのを見ると、がまんできずに外にとびだしてしまう。

いまもそうだった。せっかく申し分ないイチイの茂みを見つけて隠れたのに、その空間における天井や壁ともいうべきみずみずしい緑の枝葉が、雨に打たれて小さく上下に揺れ続けるのを内側から目にするうちに、とてもじっとしていられなくなり、茂みから這いだした。このあかるさ！　彼は空気を胸いっぱいに吸い込んで思う。雨の日には、晴れた日とは別種のあかるさがあり、そのとろんとした、眠いようなあかるさが彼は好きだった。太陽の光とは違って、雨の光は陰日なたの区別なく隅々まで満たす。

濡れた地面をカラスは歩いてみる。ここは人間の家の庭で、物干し竿があるが洗濯物は一枚も干されていない。ドアも窓も閉ざされているので、さしあたって危険はなさそうだった。雨は茂みから眺めたときの印象よりも強く、地面にはすでに幾つもの水たまりができている。自分の尾羽のつけ根から防水性の脂がでていることをこのカラスは知らないが、自分の翼が雨をはじくことは経験上知っている。翼をひろげ、屋根の上まで舞いあがってみる。そこから見る空は神々しいまでに雲が厚く、光を含んだ灰色の濃淡がどこまでもひろがっており、カラスは胸のすく思いがする。遠くで稲光りがひらめき、ややあって音が届く。彼は自分の頭や顔に直接あたる水滴も嫌いではないが、限界があることは理解していた。濡れすぎは低体温を招く。雨の日にはねぐらでじっとしているという群れの習慣は、根拠のないことではないのだ。

まだまだ外にいたい気持ちではあったが、彼は大きく身ぶるいして一度水滴を落すと、羽ばたいてイチイの茂みに戻る。そこで羽づくろいをしながら、雨がやむまで待つつもりだ。ねぐらに帰る方が安全かもしれなかったが、彼（ハシボソ、雄、十七歳）の考えでは、雨というのは一羽きりで見る方が、断然美しいのだった。

薄暗い居間の畳に足を投げだして坐り、真凜はカエルの声を聞いている。空気をひんやり洗うみたいな、気持ちのいい声だと真凜は思う。雨がふっているから、みんな喜んで鳴いているのだろう。アマガエルたちは、弱い雨のふる夕方にいちばんよく鳴く。まわりじゅう田んぼだらけなので、家ごと声に包囲されている感じだ。もっと小さかったころ、真凜はよくアマガエルをつかまえた。無数にいるのでいくらでもつかまえられたし、つかまえるつもりもないときに、カエルの方から玄関にあがってくることもあった。つかまえたカエルは空きびんに入れて眺め、お客さまとして一晩部屋に置いたあとで外に帰した。だから彼らが小さいのに大人っぽい顔をしていることや、びっくりするほど無駄のない、完璧な身体の持ち主だということを知っている。真凜はすべての動物のなかで、アマガエルがいちばん好きだと思う。あの目のさめるような緑色も、手のひらにのせたときの軽さも、四つの小さなあしのうらの感触も。

弟か妹が生れたら、真凜は両親とその赤ん坊といっしょに東京に行くことになっている。おじいちゃんとおばあちゃんはそのことをまだ知らない。言ってはいけないことなっている。
東京に行ったらカエルたちと離ればなれになってしまう。真凛はそのことがいちばんいやだった。小学校はあまり好きではないので転校してもたぶん淋しく思わないし、住む家がとても狭くなる（らしい）ことも、真凛は全然構わなかった。でもカエルたちは――。この声が聞けなくなるなんて信じられなかった。引越してもここにはまたいつでも遊びに来られるからと両親は言うけれど、遊びに来るのと住んでいるのとは全然違う。カエルたちは、たぶん真凛を忘れてしまうだろう。玄関まであがってきても、お客さまとして泊ることができなくなる。そう思うと、カエルの声を聞くのが突然耐え難くなり、真凛は窓を閉めた。閉めても声はよく聞こえて、まるで抗議をされているみたいで、真凛はあわててまた窓をあける。引越しをしなくて済むのなら、弟か妹の生れる日をもっとたのしみにできるのに、と思った。そして、カエルたちとの別れほどではないけれど、赤松健吾くんと会えなくなるのもちょっと淋しいと思った。

中学校の屋上にいるカラスは、夕方になると必ず胸さわぎがする。わけもなく心細くて、じっとしていられなくなる。それで周辺を旋回してみたり、下の地面におりてみたり、電線につかまって鳴いてみたりするのだが、胸さわぎは収まらず、あたりが暗くなるにつれ、ますます心細さが大きくなる。この春生れたばかりのハシボソガラスである彼女にとって、世界は真新しい場所だ。日々発見がある。たとえばきょうは、大きなカラスが大きな嘴《くちばし》を地面の穴に入れ、生きたモグラを刺し殺すところを目撃した。分けてもらおうとして近づいたら威嚇され、あわてて飛びすさったが、離れて見ているぶんには叱られなかったので、彼女はじっと待った。大きいカラスは獲物をたべ散らかして飛び去り、あとには新鮮な肉がたっぷり残っていた。すこし前には、電線にとまったカラスが突然ぐるりとさかさまになるのを見たし（何のためにそんなことをしていたのかは謎だ）、彼女が近づくとスズメたちが逃げることや、人間は大きいばかりであまり恐くない（何しろ彼らは飛べない）ことも発見した。自分の翼が日ごとに強くなっているのを感じるし、昼間の彼女はどこにでも飛んで行かれる。それなのに、夕方になると胸さわぎが始まって、そわそわし、どこにいても落着かない。自分のいるべき場所はここではない、と感じるのだが、ではどこなのか、と考えてもこたえはなく、結局あの集合住宅のベランダの軒下に行ってしまう。高架橋を越え、川も越えて。そこには枝や布や針金を組合せて器用に作られた巣があるのだ。

刻一刻と暗くなっていく空を巣に向って飛びながら、彼女はあのカラスたちがいませんようにと願っている。かつて親切に食料を運んでくれたり敵を追い払ってくれたりしたあの二羽のカラスたちは突然親切でなくなり、とくに雄の方はあからさまに怒りを爆発させて彼女を追いだそうとする。

運よく二羽が留守だとしても、そこはもはや自分の居場所だとは感じられず、胸さわぎも消えない。それでも、翼を固くたたみ、右の脇の下に嘴を埋めた恰好で窮屈な巣のなかにいれば眠ることができた。コンクリートに囲まれているが故の、視界の狭さとひんやりした感触がいいのかもしれないと彼女は思う。ときどき天井に頭がぶつかるにしても。

乗鞍麻美《あさみ》は自分の進行方向に合せて、地図の上下をひっくり返す。海を背にして歩いているということは、現在地がどこであれ、直進すればいずれ線路にぶつかるはずだと考える。でも、私はいまこの地図上の、一体どこにいるんだろう、とも。イヤフォンから、ジュース・ワールドがあかるくメロウに流れ込んでくる。二十一歳にしてオーバードーズで死んでしまったラッパーの声。

それにしても静かな街だ。見えるのは民家と田んぼとお地蔵さんばかりで、人も車も全然通らない。日陰がないせいでくらくらするほど暑い道を歩きながら、これは遭難するかもしれないな、と麻美は思う。山ではなくこういう一見普通の静かで平和な街でこそ、人は人知れず行き倒れるのではないだろうか。

最後に道を訊いてから、もう三十分は歩いている。洋品店（あのときには、すくなくとも店と呼べるものがあったのだ）のおじさんは、バス停まで十分くらいだと言っていたのに——。その三十分くらい前にも、麻美は道を尋ねていた（あのあたりには、まだ通行人がいたのだ）。胸にアップリケのついたTシャツに花柄のサブリナパンツ、という若干派手めな服装の中年女性は、バス停まで七、八分だと言っていた。たぶん、二人はそれぞれ別のバス停を教えてくれたのだろう。麻美が尋ねたのはJRの駅への行き方で（二人とも、歩くには遠いと忠告してくれた）、駅に行くバスは複数あるのかもしれず、途中のバス停となれば、幾つあるのかわかったものではないのだから。

前方に川が現れ、麻美はまた地図の向きを変える。海を背にして歩いているつもりだったが、どうやらそうでもなかったらしい。

「ラビリンスだな、こりゃ」

声にだして呟く。それでも気分は上々だった。なにしろ、ここは晴彦の生れ育った街なのだ。

晴彦は、夜の飛行機でやってくる。ほんとうは二人とも午前中の便に乗るはずだったのに、彼の仕事が終らなかったのだ。それで麻美だけ先に着いてしまった。一人旅は好きだし、夜になれば会えるのだから、麻美としては、それでまったく構わなかった。ホテルに荷物を預け、フロントで地図をもらってタクシーに乗った。晴彦の実家のある街の名を告げ、見どころを尋ねると川下りを勧められたので、船着き場でおりて小さな遊覧船に乗った。両側に古い家屋が建ちならぶ、狭い水路は情緒が濃くて、明治時代とか大正時代とか、よくわからないけれど現代ではない時代にタイムスリップしたようだった。が、船が広々とした海にでた途端、船長が大音量でJポップを流し始めたので麻美は笑ってしまった。情緒はもういいんかい、と思って。イヤフォンを装着したのはそのときだった。船をおり、気に入りの音楽を聴きながら歩いた。海辺の道にレストランを見つけ、グラスワインつきで遅い昼食を愉しんだあたりまではよかったのだが、晴彦の街を探検しようとはりきって、あてもなくぶらぶらするうちにすっかり方向がわからなくなってしまったのだった。

まあ、時間はたっぷりあるし。麻美は胸の内で自分に言う。晴彦の両親（プラス、結婚に難色を示しているらしい姉）に挨拶するのはあしたで、きょうは晴彦の到着する夜まで何の予定もない。どれだけ道に迷ったとしても（行き倒れさえしなければ）、ホテルに戻ってシャワーを浴び、一人で食前酒をのむ時間くらいあるだろう。それから晴彦と繁華街にくりだして、地酒と地魚を堪能する。いや、食前酒と外出のあいだにセックスがはさまるかもしれない。うん、たぶんはさまる。想像すると元気がでた。道に迷うことくらいなんでもない。ラビリンス上等。

晴彦とは、山梨のキャンプ場で出会った。麻美にとってははじめてのキャンプで、職場の同僚夫妻（熟練のキャンパー）に誘われてでかけた。道志川《どうしがわ》のほとりのその野趣溢れる場所に、晴彦は男友達三人で来ていた。せっかく連れて行ってもらったのに、そして、それはつい去年のことだというのに、麻美はキャンプそのものをあまりよく思いだせない。空気が澄んでつめたかったことと、星が凄《すさま》じくたくさん見えたこと、あとはそこに晴彦がいたこと――。思いだせるのはそれだけだった。

麻美は前方に目をこらす。遠くに見えるあれはバス停だろうか。しかし、そう思って近づいて、ただのベンチだったり野菜の無人販売所だったりということが一度ならずあったので、期待しすぎないように注意しながら近づいた。今度のは屋根もベンチもない、上にまるい標示板のついたポールで、あれがバス停でないとすると何なのかわからない、と思ったが、それでも期待しすぎてはいけない、と自分を無理矢理戒めながら接近すると、それは紛れもなく小さなかわいいバス停で、麻美は歓呼のかわりに片腕を高々と突きあげる。イヤフォンからちょうど流れ始めたルーシッド・ドリームスは麻美の好きな曲で、死んだジュース・ワールドが、麻美のささやかな達成を祝福してくれているようだった。

突然うしろから近づかれて、そのカラスは驚く。さっき見つけた大きな松ぼっくりを、わざわざ気に入りの道（人けのないシャッター街で、地面が暗赤色に光っている。錆びたトタンから流れでて、アスファルトにしみこみ続けている水和酸化鉄のせいだと無論カラスは知らないが、この道の寂れた雰囲気が、なぜか彼女は好きなのだ）まで運び、身体をこすりつけて遊んでいるところだった。松ぼっくりの乾いた突起が羽根をかきわけて皮膚にあたると、得も言われず気持ちがいい。

近づいてきたのは雄ガラスだった。無遠慮にも隣にならび、しなびたフライドポテトを一本彼女の足元に置く。さあおたべ、とでも言うように。彼女は困惑した。その雄ガラスに見覚えがなかったからだ。おなじ群れの個体だろうか。自分のあとをつけてきたのか？　強烈な不安が身体じゅうを巡る。彼女はこれまで他の個体と親しくなったことがなかった。が、雄としてはやや小柄なその個体は、愉快そうな、まるいきれいな目をしている。灰色のほっそりした嘴は、虫をつかまえるのが上手そうだった。彼女はフライドポテトを一口かじり（油脂の、力の湧く味がした）、残りを雄に返す。どういうわけか、そうするべきだと感じたからだ。雄はそれをくわえ、また彼女の足元に置いた。彼女は端をほんのすこしかじり、彼に返す。そんなことを五、六度くり返しただろうか。強烈な不安は静かな喜びに取って代られていた。頭を低くして身を寄せてきた雄の首すじに、彼女はそっと嘴をさし入れる。くかかか、くかかか、と小刻みに嘴を開閉し、生れてはじめて自分以外の個体の羽づくろいをした。雄は心地よさそうに瞬膜を閉じている。くかかか、くかかか。飽きるまで続け、身を離すと今度は雄が彼女の首すじに嘴を入れた。くかかか、くかかか。たべかけのフライドポテトは忘れ去られた（いわんや松ぼっくりをや）。

二羽の頭上には太陽が輝き、寂れた道は静まり返っている。くかかか、くかかか。瞬膜が半分閉じられた彼女の目に、日ざしにあたためられたアスファルトが、鉱物的混合色とでもいうべき色合いに燃え立つのが見えた。腐敗と荒廃の結果であるその地面が、いまの彼女にはおそろしく美しく、生命力に溢れたものに見えるのだった。

家神さまの祠の前でなわとびをしていた真凜は、一瞬自分の目を疑った。女の人が、いきなり右のこぶしを宙に大きく突きあげたからだ。大人のくせに、一人でガッツポーズをするなんて変な人に違いないと思った。だから目をそらし、なわとびに集中しているふりをする。というか、集中する。真凜はなわとびが得意で、いつまででも跳んでいられる。交差とびもできるし、二重とびも連続で五回くらいできる（ただし、それはこのビニール製のなわとびの場合で、小学校にある白い布のやつだと、二重とびはできない）。真凜がなわとびを好きなのは、それが一人でできる遊びだからだ。おなじ理由で本も好きだけれど、昼間に家で本を読んでいると、おばあちゃんに外で遊んできなさいと言われてしまう。でも夜に本を読もうとすると、目が悪くなるからやめなさいとおばあちゃんは言うのだ。

女の人が近づいてくるのが跳びながら見え、そのことに気をとられた途端に足がひっかかる。百二回まで数えたのに——。女の人は拍手をし、

「上手ねえ、数えちゃった。百二回」

と言った。

「この近所に住んでるの？」

尋ねられ、真凜が「はい」とこたえると、

「いいところね、ここ。ラビリンスだけど空が広くて、空気もいいし、なんかゆったりしていて」

と女の人（結構かわいい顔だ。やせていて腕も脚もながい）は勝手に感想をならべ、

「ね、ちょっとだけそれを貸してもらえる？　見てたらなつかしくなっちゃって」

と続けて真凜をまた驚かせた。大人のくせになわとびをしたがるなんて。

「だめ?」

「べつにだめじゃないけど」

真凜が言うと、その人は「やった」と小声でうれしそうに呟いて、斜めがけバッグをいそいそとはずす。

「何年ぶりだろう。跳べるかな」

ぶつぶつ言いながら跳び始め、いきなり跳びそこなう。

「あらら、だめだめですね」

と自分で言った。そのあとすぐに判明したのは、この人が笑い袋(おばあちゃんの言葉だ。よく笑う人のことで、なぜ袋なのか真凜には不明)だということと、なわとびがとても下手だということで、失敗するたびに笑い転げ、でも何度でも気をとり直してまじめな顔になり、

「見ててね」

と言うのが可笑しくて、途中から真凜もいっしょに笑い転げた。失敗とやり直しをくり返すうちに、女の人はすっかり息をきらしてしまい(跳んだせいではなく笑ったせいだ)、

「休憩」

と言ってなわとびを返してくれた。そして、

「あー」

とへんな声をだす。

「何?」

真凜が訊くと、

「バスが行っちゃった」

という返事で、この人がバスに乗るつもりだったらしいことも判明した。

「まあいいか、暇だし」

女の人は呟き、

「このへんにコンビニってないの? 水分摂らないと遭難する」

と物騒なことを言った。


その十五羽のハシブトガラスたちは、夜に活動することを好んだ。夜目が利くのに寝てばかりいるのはばかばかしいし、多くの生きものが寝ている夜こそ自分たちの天下だ、と思っていた。もっとも、そう考えるカラスはどこの群れにも一定数いるらし

く、空中ですれ違ったり、ネオンのある街で出会ったりする。が、どれだけのカラスが合流しても、十五羽が互いを見失うことはなかった。べつに、仲がいいというわけではない。そうではなく、彼らが互いを見失わないのは、そうすることで自分が強くいられるからだ。昼間に一羽でいるときよりも、夜に仲間と共に行動するときの方が、断然、力が漲る。漲りすぎて、飛びながら意味もなく鳴いてしまうこともあった。余計な注意を惹くので夜に鳴くのはタブーなのだが。

いま、十五羽はねぐらにしている神社の樹々からいっせいに飛び立ったところだ(翼の部分白化したハシボソの個体が、心配そうに見送ってくれていることには誰も気づかなかった)。彼らはみな若く、血気盛んで、好奇心旺盛だ。雄が九羽、雌が六羽。ばさばさと、それぞれが力強い羽音を立てて、ひんやりした夜気を切り裂く。十五羽分のその羽音が、互いの耳孔になだれ込む瞬間の高揚と解放感――。

上空から見る自分たちの街は暗く静まり返っている。けれど三十分も飛べばネオンのある街に着くことを、夜に飛ぶ者たちは知っている。新幹線が通り、高いビルが幾つも建ちならぶその街では、真夜中の道にたべものが溢れるのだ。まるい大きい月がでており、悠然と羽ばたく十五の身体は互いの目に、角度によって青や緑や紫に輝いて見える。

目的の街に着くと、飲食店だらけの地域に揃って降り立つ。街路樹の枝やガードレールや、スナックの看板など思い思いの場所にとまってしばらく様子をうかがう。ごみがだされていても、店のあかりがついていれば消えるまで待ち、人間が歩いてくれば、通りすぎるまで待つ。そしてついに、いまだ、というタイミングが訪れると、十五羽は猛然と襲いかかる。知らないカラスたちもいるが、十五羽は気にしない。網の下にもぐり込むにもたべものをひっぱりだすにも、仲間は多い方がいいからだ。

揚げ物はときどき奪い合いになる。相手が顔見知りであろうとなかろうと関係ない。その公明正大な実力主義を、夜に飛ぶカラスたちは尊重している。ネオンの街にはこういう場所が複数ある。だからみんな思うさまたべ散らかして、べつの店の前（もしくは裏）に移る。

ある者は魚の臭気を漂わせ、ある者は爪を脂でぎらつかせ、ある者は胸のあたりにケチャップをはねかしたまま、十五羽は再びばさばさと舞いあがる。残すのが惜しくてたべものをくわえたまま舞いあがる個体もいるが、出発を渋る者はいない。体内時計のようなものが、早く帰れと急かすからだ。早く、早くと。

十五羽はだいたいおなじスピードで飛ぶ。上になったり下になったり、横にひろがったり近づいたりしながら。途中で、消化しきれなかったものを空から吐く。貝の殻とかビニール袋のかけらとか、彼らの身体が不要と判断したものを。たべものをくわえたまま飛んでいた一羽がうっかりそれをして、当然だがくわえていたたべものも落下する。それはむっちりしたかまぼこで、彼女は自分のヘマに驚くが、潔くあきらめる。うしろで見ていた一羽が、嘲るようにクアクアと鳴いた。

十五羽は心地よく疲れて、なつかしい神社の境内にたどりつく。群れの個体たちが、すでにびっしりとまっている樹々のなかに。

検温、朝食、医師の回診。病院の朝は判で押したようにおなじだ。一か月半も入院していることが嘘に思える。もしかするとこの病院には、おなじ一日を永遠にくり返す呪いがかけられているのではないか——。まるでどこかのＳＦ小説みたいだが、入院一日目が永遠に終らないのなら、退院の日も出産の日も永遠に来ないことになる。

卓上カレンダーを手に取って、夏子はその不吉な考えを追い払う。カレンダーを信じるなら、いまは七月だ。入院したのは五月で、出産予定日は十月、そして子供が生れたら、夏子たち一家はこの土地を離れる。

夏子が出会ったとき、夫は東京でフリーターをしていた。漫画家という肩書きも持っていたが、漫画による収入はほぼなく、出版社のバイトと飲食店のバイトをかけもちしていた。子供のころは講談師になりたかったそうで、交際中は夏子もよく寄席に連れて行かれた。講談のなかでも〝世話物〟が好きで、二人きりのとき、いきなり机やテーブル（なければ自分の膝）を叩き、実演し始めることもあった。普段は無口で人見知りなのに、講談の真似事のときだけ饒舌かつ情熱的になるのが可笑しくて、夏子は笑った。

結婚したら、漫画家もフリーターもやめて故郷に帰りたい、と言いだしたのは彼だった。そうなれば夏子はいまの仕事をやめなくてはならないし、家族や友達から遠く離れて暮すことになるけれど、俺といっしょに来てもらえないだろうか、と。青天の霹靂《へきれき》だった。図書館司書という当時の仕事が気に入っていたし、自分に農家の嫁が務まるとは思えなかったからで、けれど結局、悩んだ末に夏子は承諾した。あれは、まさに清水の舞台沙汰だったといまでも思う。いくら彼を好きだったからとはいえ、よくあんなに無謀な決断ができたものだと。

「魚住さん、そこにいる？」

菊村さんの声が聞こえ、

「はい、います」

と夏子はこたえる。翔子ちゃん（陣痛促進剤を投与されて無事出産し、あっというまに退院した）のベッドがあいたので、いまここは夏子と菊村さんの二人部屋だ。

「よかった。ねえ、これ出して身体が軽くなったら、まず何したい？」

これ、という言い方に驚いたが、言われてみれば、これという呼び方がちょうどぴったりの物体感が自分の腹部にはあり、夏子は小さく笑ってしまう。この土地を離れます、と口走りたい衝動に一瞬駆られたが、

「どうだろう、うつぶせで眠りたいかな」

という無難な返答にしておく。

「肌ざわりのいいシーツにべたっとほっぺたをつけて、うつぶせでのびのび大の字になって」

「ああ、わかるわあ」

菊村さんは感情をこめて共感してくれる。そして続けた。

「あたしはね、まずサウナ。で、全身マッサージ。指圧ね、強いやつ。それからフットケアサロン。爪をきれいに塗ってもらって、かかとも手入れしてもらうの。もちろんリンパドレナージュつきで」

「なるほど」

「美奈ちゃんがね、ネイリストなの。美奈ちゃんってほら、ここにもよく来てくれる

女の子で、弟の元カノね、最初はネイルのみだったんだけど、努力家でね、リンパケアセラピストとかいう資格を通信講座で取ったの。だからそっちもやれるようになって」

夏子は美奈ちゃんを思いだそうとしたが、菊村さんのところには見舞客が多く、そのほとんどが賑やかに喋る似たような雰囲気の女性たちなので、特定するのは難しかった。でも、菊村さんが弟さんとその子に結婚してほしかったと言ったことははっきり憶えていて、夏子としては、弟さんが「東京でつかまっちゃった」という結婚相手の女性に、どうしたって同情してしまう。その人にとって、これから菊村さんが義姉になるのだ。

「興味があれば、今度ショップカードを渡させるわね。上手よ、とっても」

夏子の夫は末っ子で、兄と姉が二人ずついる。みんな近所に住んでいて、それぞれの配偶者も含めて仲がよく、往き来がおそろしく頻繁なので、はじめのうち、どの人とどの人が夫婦なのかわからないほどだった。すっかりわかったいまでも、集団としての彼らのあの仲のよさと団結力に、夏子はしばしばたじろぐ。

「ありがとうございます。行ってみようかな」

引越しは年明けの予定だ。あとは「これ」が無事にでてきてくれれば——。

海に近い広い駐車場で、なぜだか前部座席のドアが左右とも開けっぱなしの車のなかの、白いビニール袋がカラスは気になっている。詰め込まれた中身はほぼ確実にたべもので、あたりに人の姿はない。にわかには信じ難い幸運。日にあたためられたコンクリートの地面を、彼は数歩跳ねて車に近づく。ビニール袋は手前の座席に置かれており、ほんのすこし羽ばたけばたどりつく。が、一瞬でも車のなかに身を置くことには抵抗があった。おそろしすぎる。カラスは、自分でもなぜそんなことをするのかわからないまま、ビニール袋になど興味がないふりをしてみる。羽ばたいて形ばかり後退し、あらぬ方に顔を向けて。

けれど意識は完全にそこに集中していた。車のなかの白いビニール袋に。トレイにのった生肉が入っているかもしれないし、油っぽい袋菓子や、あけにくい（が、もちろん彼の嘴にかかればひとたまりもない）パッケージに包まれた、サンドイッチやおむすびが入っているかもしれない。ひょっとしてひょっとすれば、未使用のマヨネーズがまるごと一本入っている可能性すらあった。彼の脳内にイメージが渦巻く。咬筋力には自信がある。ごく短時間、車内に身を置く危険さえ冒せれば、中身（それが何であれ）を地面にひきずり落せるだろう。

カラスはできるだけ悪気のないふうを装って、車にまた数歩近づく。あたりに人けのないことをもう一度確かめ、思いきって翼をひろげると、ビニール袋に猛然と突進する。

そのすこし先の砂浜では、一羽のカラスが死につつあった。彼自身にその自覚はなく、乾いた白砂の感触とあたたかさを、わずかに感じるだけだった。彼の周囲には、干からびた海藻や流木の他に、波や風に運ばれたごみ――食器用洗剤の容器、片方だけのビーチサンダル、おなじく片方だけの汚れた軍手、たばこの空き箱、色あせてふくらんだ週刊誌、マスク、花火の残骸、つぶれた空き缶やペットボトル――が散乱している。力尽きたのはこの場所ではなかったのに、彼もそれらのごみ同様に、ここに運ばれてきたのだ。もう音は聞こえないし、目も見えない。羽根の艶は失われ、筋肉は硬直し始めている。それでも辛うじて息があった。彼は空腹ではなかった。まったくすこしも空腹ではなく、そんなことは生れてはじめてだったが、自分が空腹ではないことに気づくには、彼はあまりにも乾いて固まりすぎていた。

「なにこれ、おもしろすぎる」

忘れな草色の着物姿の落語家の写真に、〝だいてやる〟というコピーのついた市の観光ポスターに、麻美はスマホのカメラを向ける。だいてやるというのは土地の方言で、奢《おご》ってやるという意味だ。が、晴彦がそう説明するより先に、麻美は写真をSNSにあげてしまう。

「みんなに見せなきゃ」

と言って。

二人はいま晴彦の両親との昼食（場所は父親が最近気に入っているという鮨屋で、晴彦にははじめての店だった）を終え、両親と別れて、姉の入院している総合病院に向っているところだ。

「ここ、きのうも歩いたかもしれない」

晴彦が子供のころに好きだった駄菓子屋（いまはもうつぶれてしまったが、ガラス戸の内側に色あせた日除け布がかかり、おもてにガチャガチャの販売機が置かれた店舗はそのまま残っている）の前で麻美は言う。

「時間が止まったみたいな街だよね、ここ」

と、感心したように。

「まあ、田舎だからな」

晴彦はこたえた。

両親との昼食は、晴彦の予想を超えて和やかだった。接客上手な大将のお陰もあったかもしれないが、麻美と母親はNetflixドラマだか映画だかの話題で盛りあがり（母親がライアン・ゴズリング好きだということを、晴彦はきょうまでまったく知らずにいた）、昼酒で機嫌のよくなった父親は、麻美を相手に得意の駄洒落を連発した。そのいちいちに麻美は朗らかな笑い声で応じたのだが、気を遣って笑ったというのではなく、彼女はほんとうにおもしろがりで、笑い上戸なのだ。しかも、笑いのツボが変っている。ゆうべもホテルの部屋で、晴彦の脚の毛がエアコンの風にそよいでいると言って、泣くほど笑っていた。晴彦には、それの何がおもしろいのかわからなかったけれども。

麻美はよく笑うし、よく怒り、よく泣く。泣いていても笑わせると笑うし、怒っていても笑わせると笑う。そして、いま怒ってるんだから（あるいは泣いてるんだから）笑わせないでよ、と言って怒る。そのわかりやすさと率直さに、晴彦はいつも感動してしまう。子供か、と思うが、実際の子供は晴彦にとってわかりやすい存在だったためしがない。姉の二人の子供たちを見てもそうだし、自分自身の子供のころをふり返ってみてもそうだ。

「見て！　クールな神社」

前を跳ねるように歩いていた麻美がくるりとふり向いて言う。

「難関突破できるようにお祈りして行こう」

と宣言して境内に入って行く。麻美が難関と言ったのは、これから病院で会う予定の晴彦の姉、さつきのことだ。晴彦には麻美と出会う前に結婚を前提としてつきあっていた女性がいて、さつきは彼女と仲がいいのだ。親分肌というか、面倒見のいい性格である姉は晴彦の心変りに憤慨しており、そのせいで、理不尽にも麻美を悪者視している。事前情報としてそれを（できるだけやんわりと）伝えたとき、麻美は「燃える」と言って笑った。「晴彦がいれば私は無敵だから大丈夫」とも言っていたが、神だのみするということは、やはり不安なのかもしれなかった。姉が毒を吐くかもしれないと思うと、晴彦自身は大いに不安だ。

「そういえばきのうね、バス停のそばの道で女の子と友達になったの」

掃き清められた境内を、手水鉢《ちょうずばち》に向ってまっすぐ歩きながら麻美は言った。

「いっしょになわとびをしたあとコンビニに行って、アイスキャンディを買って食べた」

何味かっていうとね、と語を継いだ麻美はいきなり笑い始める。

「見て、これ。おもしろい」

そしてもちろんスマホのカメラを向ける。向けた先は注意書きだった。几帳面な手書きの文字を晴彦も読む。

ご注意

利口なカラスがひからびた小魚を
水につけてもどすことをおぼえ、
手水鉢の水をとりかえても一日で
水が濁ってしまいます。
小魚の骨や肉片がたまって不衛生
ですので、この手水は使用しないで
形だけの所作にしてください

「いいなあ、この街」
愉しそうに言った麻美は早速また写真をSNSにアップする。それは、晴彦が普段から見馴れている麻美の姿であり行動で、だからこそ、彼女がいまほんとうにここにいるのだ、という事実に胸がいっぱいになった。とても信じられない気がするが、現に、いま、麻美がここにいる。晴彦の生れ育った街に。退屈な場所だと思っていた。が、たとえばこの神社の境内の、清々《すがすが》しい美しさはどうだろう。今朝起きてから目にしたすべてのもの、川や樹々や日ざしや遠くの山々や、鮨屋の大将の飾らない人柄までが――麻美がいるという、ただそのことによって――かけがえのないものに感じられた。

「そうそう、何味のアイスかっていうとね、ソーダ味でした。きれいな水色で、なかにバニラアイスが入ってるやつ」

いつか子供が生れたら、ここに帰ってくるのもいいかもしれないと晴彦は思う。子供は空気のきれいなところで育つ方がいいに決っているのだから。

市庁舎のそばに降り立ったのは偶然だった。晴れて気持ちのいい午後なので、そのカラスはあちこちを飛びまわり、スズメをおどかしたり（べつにおどかすつもりはないのだが、彼女がおなじ枝にとまると彼らは勝手に大騒ぎをするのだ）、遊覧船の操縦者に袋菓子を投げてもらったりして活発に活動し、疲れたからすこし休もうと思ったのが、たまたまここだっただけだ。

そうしたらあの個体がいた。市庁舎横の緑地で、ちゃっかり別な群れに紛れ込んでいた。まさか、と思ったが他人の空似でも目の錯覚でもなく、それは間違いなくあの個体――群れのなかで、彼女がいちばん親しくしていた雄ガラス――で、彼女と目が合ってもあわてたそぶり一つ見せず、まるではじめからその群れの一員だったかのようにいけしゃあしゃあとしている。周囲にはその群れの個体が七、八羽いて、コンクリートでできた遊具のてっぺんにとまったり、木のうろから何かをひっぱりだそうとして失敗したり、ともかく自分のすべきことをしていて忙しそうだ。なわばりではない場所にいることのアウェイ感というものを、二歳のハシボソガラスである彼女ははじめて体験していた。

　理解できなかった。ほんの何日か前まで、あの雄ガラスは彼女とおなじ群れにいたのだ。川ぞいに続く木立ちをねぐらにしている大きな群れで、千に近い数の個体がいる。そのなかで自分とあの雄は出会い、親しくなった。成鳥たちのような営巣こそまだしていないが、夏を一度（今年を数に入れるなら二度か、一度半）と冬を一度、連れ立って行動した。たべものを分けあったし、探しものも手伝った。ここ何日か姿が見えなかったが、そういうことは前にもあり、なにしろ大きい群れだから、どこかにはいるだろうと思っていた。群れを替えることが許されるのかどうか、彼女にはわからない。考えてみたこともなかった。

が、現にいまあの雄ガラスは別の群れの個体たちといて、臆面もなく彼女に視線を据えている。よそ者がなぜここにいるのかと訝るみたいに。雌ガラスはその視線を——アウェイの心細さも忘れて——受けとめると、ガララ、と喉の奥で侮蔑の声をだしてやった。距離があり、相手に聞こえたかどうかはわからなかったけれども。

動揺のあまり、彼女はあさっての方向に飛んでしまう。川のある北側に戻ろうとして、南へ。一刻も早くその場を去りたかったので、かつてないほど力いっぱい羽ばたき、ひたすら前へ前へ飛んだので、気がつくと未知の場所にいた。見えるものといえば、まっすぐにのびる線路と人っ子ひとりいない街なみ、日ざし——。

　ごく小さな無人駅の、ホームの上の小屋にとりあえずカラスはおりる。小屋は白く四角く、なかはただのがらんどうだ。戸口に戸の類はなく、窓が全部あけ放たれているので風通しがよく、まるでカラスのための休憩所のようだ。危険はないと判断し、彼女は小屋の屋根でしばらく心身を休めた。

　彼女の心を占めているのは驚きだった。こんなことがあるなんて、というそれは驚きで、思いだすだけでいまも心臓が暴れるが、自分の心臓の暴れをどう分析しても、かなしみは見あたらない。カア、とつい声をもらしたのも、だから怒りとかかなしみとかではなく、ああびっくりした、という感情の吐露、むしろ感情の過去形化の試みだった。

カア、とカラスはもう一度鳴いた。カア、とさらにもう一度。そうしているうちにきょうの出来事全体がばかばかしく思え、カア、と最後にだした声は、自分の耳孔にほとんど笑い声として響く。カラスは胸を反らして翼をひろげ、やや大袈裟な身ぶりで飛び立つ。冷静さを取り戻したいま、川までの経路は、もちろんクリアに把握できていた。


いくら子供でも、赤ん坊ではないのだから、十日やそこらで大きくなるはずがない。そう思うのに、娘は前回見舞に来てくれたときよりも背がのびて、顔つきも大人びたように見え、夏子は自分の不甲斐なさにへこむ。時間は無慈悲なのに、こんなところでじっとしていなくてはならないなんて。

学校が夏休みに入ったからだろう、病院内のレストランは、家族連れの姿が目立つ。

「おいしい?」

尋ねると、娘はミックスジュースのストローをくわえたままうなずき、

「お母さんも何かのめばいいのに」

と、これはもちろんストローを口から離して、でもグラスにかぶさるような姿勢の

まま言った。娘の隣では義父が、コーヒーをのみながらタブレットの画面上で将棋をさしている。この年代の人には珍しく、電子機器を果敢に使いこなすのだ。夫に似て（というのは無論逆で、夫が似て、と言うべきだろうが）無口で、誰の言うことも聞かないけれど孫とひ孫にはやさしいこの義父が夏子は嫌いではないが、昔気質《むかしかたぎ》な人で、産婦人科病棟には一歩も足を踏み入れてくれない。だから面会にはレストランを使うよりなく、夏子はいつも病室のベッドでしているように、娘をくすぐったり抱きしめたり、髪や肌の匂いや感触を確かめたりすることができない。

「きのうは杏里《あんり》ちゃん家《ち》にお泊りだったんでしょ？　どうだった？」

かわりにそう尋ねると、

「ふつうだった」

という言葉が返る。

「普通って？」

「ふつうは、ふつうだよ」

娘には、いとこやいとこ違いが近所に大勢いる。杏里ちゃんはいとこ違い（いとこの子供をそう呼ぶことを、夏子は夫と結婚するまで知らずにいた）の一人だ。

「杏里ちゃんたち、元気だった？」

その家には子供が三人いる。女の子が二人と男の子が一人。

「うん、たぶん」

娘の返事は頼りない。

いきなり、義父のタブレットからかん高い女性の声がとびだす。

「三十秒、四十秒、五十秒……」

ぱちん、ぱちん、と駒を将棋盤に置く合成音はそれほど大きくないのに、このソフトは秒読みの声だけがなぜかとても大きいのだ。耳の遠い義父は補聴器が嫌いで、タブレットにイヤフォンをつけることも頑なに拒否している。

「一、二、三、四……」

最後の十秒に「秒」がつかないところが緊張感をいや増すが、ひとけた台になれば早晩秒読みは止まる。夏子は肩の力を抜いた。これでまたぱちん、ぱちんに戻るので、当分は周囲をぎょっとさせずにすむはずだ。

「お母さん、いつ退院するの？」

娘にそう尋ねられたとき、

「真凜ちゃん！」

と娘の名前を呼ぶ声が聞こえた。

「麻美ちゃん！」

夏子が驚いたことに、娘もそう応じる。麻美ちゃん、ちゃんとはいっても、立派な大人だ。そして、そばになんと菊村さんがいる。

「なんでここにいるの？」

そう尋ねた娘の声には喜色が滲んでいて、

「真凜ちゃんこそ」

と言う女性も、いかにも愉しそうな笑顔だ。

「なあに？　ここで一体何が起こってるの？」

菊村さんの発した言葉は、そのまま夏子の気持ちでもあった。

大人の迷子だったの、というのがそのあと娘のした説明だった。大人の迷子となわとびとアイスキャンディのでてくるその話を聞きながら、地縁、という義母の言葉が夏子の胸に迫りあがってくる。この土地では、みんなつながってしまうのだ。そしてそれは、

「あのね」

と言って義父の様子を横目で確認した娘が、

「麻美ちゃん、東京に住んでるんだって。引越ししたらまた会えるかな。お母さん、

麻美ちゃんとラインの交換してくれる？」

と小声で耳打ちしてきたことで決定的になる。地縁は、どこまでもついてくるのだ。別なテーブルでは、菊村さんとその弟と麻美ちゃんが、ここから見える限りとても和やかに、ときどき笑い声をあげながら会話している。

「ねえ、交換してくれる？」

娘に腕をつつかれ、

「もちろん」

とこたえて夏子はにっこり微笑んでみせる。


連続して続く屋根瓦が鈍く光っていてまぶしい。上空を飛んでいたカラスは、屋根の一つに別なカラスの姿を認めて急降下した。彼は、というのは急降下した方のカラスだが、他の多くのカラスたちと異なり、人間の手の加わっていないたべものを好んだ。ミミズや魚やネズミや木の実といった自然界にあるたべものの方を。そういう自分の嗜好が、他の個体たちにどう思われていようが知ったことではなかった。非効率的な贅沢だと思われているかもしれないし、質素な奴だと思われているかもしれない。どうでもよかった。彼自身は、嗜好というより欲望の問題だと思っている。彼は断固、たべたいものだけをたべたいのだ。とはいえ非効率的であることは事実で、人間の手の加わったものを避けていると、なかなか十分に捕食できない。たべる量が足りないとたちまち体力が落ち、捕食能力も低下するので悪循環におちいってしまう。そこで、あるとき一計を案じた。自分でも日々鋭意捕食しつつ、他の個体の捕食したものをねだるか掠め取るかすればいいと気づいたのだ。これは、かなりの確率で上手くいった。大抵のカラスたちは人間の手の加わったものを普段潤沢にたべているので、彼ほどたべものに執着がない。だから喧嘩も威嚇も必要なくて、ただしつこくそばに寄り、すきあらば奪う、という意志を漲らせていればよかった。やがて相手は警戒し続けることに疲れ、根負けしていっしょにたべさせてくれるか、うんざりして潔く飛び去ってくれる。あっさりと獲物を手放して。

それをもし喝上げと呼ぶなら、この瓦屋根群は恰好の喝上げ場所だった。海と川のぶつかる地点から程近く、どちらの水辺からも見上げて最初に目につく高くひらけた場所なので、運よく魚をつかまえた個体は、まず間違いなくここに運びあげてたべる。とくにあの嘴の細いやつらは器用なので、銀色に光る小魚を四匹くらい平気で一度にくわえて運びあげる。ぴちぴちでつるつるの、やわらかく甘い小魚——。他にも、彼はここでザリガニや、崩れたアカエイの身の大きな一片、死んだ小鳥などをまんまとせしめていた。

というわけで、彼は期待に胸をふくらませ、ばさばさと空気をたたきながら瓦屋根の上に着地した。が、すぐに、失望する。先客がついていたのは小魚でもザリガニでもなく、屋根そのものだったからだ。一体なぜそんなことをしているのかわからなかった。好奇心が頭をもたげ、二、三歩近づく。彼が近づいたことに気づかないはずはないのに、鈍感なのかそのふりをしているのか、先客は一心に屋根をつつき続けている。

そのカラスは、というのは先客の方だが、別な個体が近づいてきたことに、もちろん気づいていた。が、気づいたからといって作業を中断する気にはなれなかった。屋根に一枚だけわずかにずれた瓦を見つけ、それをはずそうとしているところなのだ。

これはもう性分としかいえないのだが、彼は幼鳥のころから一貫して、穴があればのぞき、はみだしたものがあればひっぱらずにいられなかった。ゆるんだ瓦を見つければ、空隙に嘴を入れてこじるのが当然であり、彼はいま無心でそれをしていた。もしかすると無心の状態を欲しているが故にそんなことをしているのかもしれなかったが、すでに無心である彼は、そんなことを（どんなことも）考えてはいない。ただこじり続ける。

二羽はどちらもハシブトの雄で、こじっている方が若干年上だった。夕方の、斜めになった日ざしが二羽を照らし、屋根瓦を光らせている。

観察していた方のカラスが飛び立つ。はじめのうちこそ興味深く眺めていたが、ふいに飽きたのだ。できるだけそっと翼をひろげ（なぜか、じゃまをしたくないような気持ちになっていた）、できるだけ静かに飛び立った。ねぐらに帰る前に何か腹に入れたい、と考えながら。

もとからそこにいたカラスは、作業に余念がなかった。ひたすらこじり続け、じわじわとずれをひろげた。瓦の下に嘴をさしこみ、押したり引いたりする。列に沿ってきっちりはまり込んでいた瓦からの抵抗が、ついに（そしてふいに）なくなる。連結を解かれ、単一の物体と化した瓦はあっけなく外れて、傷んで腐りかけた木の下地が露出した。カラスは胸がすうっとする。外れた瓦の周囲を歩きまわって、自分の仕事ぶりに満足する。脚でつつくと、瓦は屋根の傾斜に沿ってすこし動いた。いずれ屋根からすべり落ちて割れるだろうが、それはカラスの知ったことではなかった。

シルバーピンクの軽自動車を、きょうは母親が運転している。健吾はいま母親と二人で、やっちゃんを空港まで送りに行くところだ。小学校はきょうから夏休みに入った。せっかくこれから一日じゅう遊べるというときに、やっちゃんが帰ってしまうというのは残念だった。でも、やっちゃんには仕事があるので仕方がない。

「ねえ、中島さんのおもしろい話、もっとないの?」

健吾は後部座席から身をのりだして訊いた。中島さんというのはやっちゃんの友達のお年寄りで、とてもおもしろいのだ。海に入れ歯を落してしまったり、酔っ払って外で寝てしまったりする。

「あるけど、瑞樹ちゃんの前では言えない。叱られるから」

やっちゃんは言った。それはたぶん、お酒か女の人かパチンコのでてくる話という意味だ。

「中島さん、いまもポイポイサンドイッチって言ってる?」

「言ってる」

「覚えられないの?」

「覚えられない。というか、あの人はそもそも覚える気がない」

やっちゃんは沖縄で、店を三軒経営している。アロハシャツ屋とカフェとバーだ。でも最初は一軒だけで、しかも屋台だったそうだ。そのころ健吾は生れていなかったけれど、話を聞いて想像し、写真も見たことがあるので知っている。その屋台で売って成功し、いまのカフェでも人気のメニューなのがポーボーイサンドイッチというものので、中島さんもそれが大好きなのに、どうしても名前を覚えられない、というエピソードが健吾はなぜか忘れられない。ポイポイなんておもしろすぎる。

「でも、中島さんはドイツ語で007を何て言うかは知っていて、ちゃんと覚えてるんだよね？」

「うん、覚えてる」

「ヌルヌルズィーベン！」

二人の声が揃い、健吾は爆笑してしまう。滅多に笑わないやっちゃんはやっぱりポーカーフェイスだったけれども。

健吾は生れてからまだ一度も沖縄に行ったことがない。いつか必ず行きたいと思っているけれど、両親は喜ばないかもしれない（いまだって、やっちゃんはいつでも遊びにおいでと言ってくれるのに、行かせてもらえないのだ）。それはたぶん、やっちゃんが大学生のときにはじめて旅行で沖縄に行って、そのまましばらく帰ってこなかったこととと関係があるのだろうと健吾は想像している。くわしいことは誰も教えてくれないのでわからないが、やっちゃんは結局大学も途中でやめてしまったらしい。

駐車場に車を停めるとお金がかかるので、空港に着くとやっちゃんは一人だけおりた。

「ありがとう」

助手席の窓ごしに母親に言う。

「帰りの運転、気をつけて」

と。健吾は突然胸がいっぱいになり、口がきけなくなる。

「こちらこそありがとう。お義母さんのこととか、いろいろ。向うに着いたら電話してね。身体に気をつけて」

母親が何か言っているあいだ、健吾はぼんやり窓の外を見ていた。やっちゃんではなく、やっちゃんを含んだ景色の全体を。

「健、じゃあ、元気で」

やっちゃんは片手をあげて言い、すぐにくるりと背中を向けて歩き始める。返事も反応もしなくてすんだことにほっとしながら、健吾は大好きな伯父のうしろ姿を見送った。きょうのやっちゃんのアロハシャツは、しまうま柄だった。

·

そして、ついに、そのカラスは小さな群れを発見する。というより、群れの方が自分を発見してくれたのだとカラスは思う。夕方、中学校の屋上の真上を、大雨みたいな羽音を立てて、数十羽で連れ立ち、かわるがわる鳴きながら通過してくれたのだから。一瞬、全身の羽根が逆立ったような気がした。彼女にはただわかったのだ。考えたり決めたりしたわけではなく、群れを目にすると同時に翼が激しく空気をたたいていた。自分で飛んでいながら、同時に他のカラスたちに吸収されてもいた。そう、すべてが同時に起こった。信じられない気持ちと同時にずっと知っていたという気持ちがし、おそろしいと同時にふるえるほどうれしく、一羽であると同時に全体でもあった。彼女は行き先を知らないのに知っていて、他の個体たちの存在は、徹底的にはじめてなのに、なつかしかった。

何よりも彼女を勇気づけたのは、どうすればいいのかわかっているという感覚だった。実際、彼女にはわかっていた。

すでに夕日は沈んで姿が見えなかったが、それの放った光はまだそこらじゅうに残っていて、飛んでいると自分たちがその小さな粒々まみれになっているのがわかったし、集合住宅のベランダの軒下の古巣に、たぶん二度と帰らないこともわかった。自分がいま圧倒的な正しさのなかにいることも。

ねぐらに帰るカラスたちが四方八方から集まり、小さな群れはふくらみながら川をめざす。

到着した彼女が一本の高い樹の上に降り立ったあとも、カラスたちはぞくぞくと、きりもなく集まってくる。空を覆い尽さんばかりに。無数の羽音が錯綜し、彼女の頭上や左右を他の個体の身体がかすめて行く。枝にしっかりつかまっていないと、めまいがして落下しそうだ。この世にこんなにカラスがいたのかと、彼女は驚く。驚くと同時に、やっぱり、とも思う。

川のある街 Ⅲ

パン屋の女の子の顔は鼻にも唇にもピアスがついていて、芙美子《ふみこ》はついまじまじと見てしまう。刈りたての芝生みたいに短い髪で、目鼻立ちのくっきりした美しい女の子だ。前からいただろうか、それとも新人さん？　芙美子には判断がつかなかったが、女の子は有能そうで、手際よくパンを袋に入れ、代金を受け取って、「Fijne dag《いい一日を》」という言葉と共におつりを返してくれた。店内は客で混み合っていて、パンとコーヒーのいい匂いがした。

まだ温かい袋を抱えてローキン通りを歩く。すぐ左手の停留所にトラムが停まっているのを見て、心ならずも先週の出来事が脳内にどっと押し寄せる。マルリースに誘われて、彼女の孫の学校に劇を観に行った日のことだ。孫娘の演じた役はよその惑星から来たロックンローラーで、そのすばらしい演奏が地球人の耳には聞こえない（だから演者は音をだす必要がなく、ギターを激しくかき鳴らすポーズだけとればいい）

という設定だった。帰りにマルリースとトラムに乗った。座席は埋まっていたが、二人連れの男性が立って芙美子たちに席を譲ろうとしてくれた。そのうちの一人の顔を見た途端、なぜだか芙美子は大昔に自分が知っていた男だと思い込んでしまった。若かったころの希子《のぞみこ》が働いていた日本料理屋の店長で、希子にちょっかいをだそうとした上、断わられると彼女につらくあたるようになったいやらしい男だ。慇懃《いんぎん》無礼で笑い方の下品なあの大男（身長が一九〇センチくらいあった）を、芙美子はいまでも許すつもりがない。

「結構よ」

だからそう言った。

「あなたが坐っていた席になんて坐りたくもない」

と。男性はさぞ驚いたに違いない。一瞬立ちつくしたあとで、怒りもあらわに坐り直した。マルリースはおろおろしていた。たぶん男性に謝ったり、芙美子にどうしたのかと訊いてくれたりしたのだろう（が、頭に血がのぼっていたのでそのへんはよく思いだせない）。気がつくとトラムをおりていた。マルリースがその場にいたたまれなくなったに違いない。結局タクシーを拾って帰った。芙美子が自分のしでかしたことに気づいて恥入ったのは、アパートに帰りついてからだった。

あれはほんとうに先週のことだろうか。それとも先々週？　いずれにしても、思いだすと身が縮む思いがする。

忘れよう、と決めて芙美子は足を速める。パンの袋はあたたかく、午前中の陽光がそこらじゅうに降り注いでいる。歩きながら広場を眺め、教会を眺める。川を眺め、白鳥を眺める。風がやわらかい。もう春なのだ。犬を連れた人たちがいて、そぞろ歩く観光客がいる。昆虫じみたヘルメットをかぶって自転車に乗っている人たちは、みんなあかるい色の服を着ている。黄色とか緑とかオレンジとか。短パン姿の人たちも目立った。まるで夏みたいに。あるいはほんとうに夏なのかもしれなかった。芙美子はもう何年も前から暑いのか寒いのか自分ではわからなくなっていて、世のなかの様子から季節を推し量っている。光の具合や人々の服装や、川の匂いやカフェのおもての黒板にならぶ料理名の変化なんかで。

街を歩いているとき、芙美子は自分が肉体を持っていないかのように感じる。視覚や聴覚、嗅覚だけの存在になり、他の普通の人たちのように、たべたりのんだり眠ったりする必要なんかないかのように。どんなに歩いても疲れないし（年齢を考えれば、これは恩寵《おんちよう》と言えるだろう。老人はよく転ぶと聞くけれど、芙美子は転んだこともない）、なにしろ肉体がないので誰からも姿が見えていない感覚があり、自分を自由だと感じられる。だから、誰かに話しかけられるとびっくりしてしまう。「Goedemiddag《こんにちは》」とか、「Hoe gaat het?《お元気ですか》」とか。長年この街に住んでいるので、親しかった人たちの多くが死んだりよそへ越したりしていなくなったいまでも、たまに顔見知りに出くわすのだ。昔住んでいた下宿の大家の息子——小学生だったのに、いまでは立派な中年男性だ——とか、ハウスボートに住む家族たちとか。芙美子はハウスボートに住んだことはない。でも希子は住みたがっていて、実際に住んでいる人たちと親しくしていた（まあ、彼女は誰とでも親しくなってしまう才能の持ち主だったのだけれど）。

声をかけてくるのは顔見知りとは限らない。知らない人が、単に個人の習慣から（あるいは模範的市民の義務として）挨拶をしてくれる場合もある。そういうとき、相手がほんとうに知らない人なのか、知っているのに自分が思いだせないだけなのか、判断がつかずにしばしばまごつく。迷惑なことだと芙美子は思う。

アパートメントに帰ると、キッチンカウンターにメモが置いてあった。留守のあいだにデルクがやってきたらしい。メモのいちばん上には大きな文字でbelangrijk!《重要！》と書かれており、その下に、「憶えていると思うけど、あしたはミオの来る日だから外出しないように。D」とある。そうだった、と芙美子は嬉しく思いだす。五月に姪が訪ねてくることになっているのだ（ということは、いまは五月なのだろう）。日本からの来客はひさしぶりで、もちろん憶えているし、たのしみにもしていたのだが、まさかあしただとは思わなかった。デルクの気遣いには、いつもながら感謝しかない。

デルクの父親のカレルと、芙美子は幼馴染だった。といっても兄妹のように親しくしていたのはほんの数年のことだ。芙美子の家族は国をまたいだ引越しが多く、距離ができると、子供同士の手紙のやりとりなどやがてとだえてしまった。そのうちに思いだすこともなくなり、芙美子にとってカレルは、古い写真のなかにだけ存在する思い出の一つに過ぎなくなった。再会したのは四十歳を過ぎてからだ。この国に戻って数年後の芙美子を、当時まだ大学生で、芙美子の職場にアルバイトとしてやってきたデルクが見つけてくれたのだ。東洋人の風貌と、名札の名前でもしかしたらと思ったのだと言った。父からあなたの話はたくさん聞いた、あなたは父の初恋の人なんです、とも。再会したカレルに写真の少年の面影はなかったが、穏やかな性質はそのままだった。有名な広告会社で働いていた。恰幅がよく、茶目っけがあり、やわらかな声音で話す魅力的な男性になっていた。家族ぐるみのつきあいが始まったのはそのときからだ。カレルと妻のエステル、息子のデルクと娘のゾーイ、そして芙美子と希子――。カレルの一家はアウトドア好きで、夏にはよくいっしょにキャンプに行った。芙美子も希子も生れてはじめて魚を釣った。釣った魚を捌くのはカレルとデルクで、料理をするのはエステルと希子だった。芙美子は役立たずだったが、ゾーイと遊ぶ係をひきうけた。デルクとゾーイは年の離れた兄妹で、ゾーイはまだ小さかったから。街にいるときも、食事に招《よ》んだり招ばれたりして、互いの家を行き来していた。みんなまだ若く活力旺盛だったので、大人だけで夜の街にくりだすこともあった。クラブとかディスコとか水パイプを吸わせてくれるバーとか、当時は朝まで遊べる場所がたくさんあった。

その大人たちは、でも芙美子一人を残してみんないなくなってしまった。カレルもエステルも、希子も。あれからながい時が流れたのだ。そして、いまや芙美子はデルクに、危ないから夜は出歩くなとか、買物は自分か妻がするから、昼間も遠くまで行く必要はないとか言われている。が、それは無理な話だ。芙美子は歩くのが好きだし、歩いているあいだだけ安心していられる。部屋にじっとしている方が疲れるのだ。疲れるだけじゃなく、思考がもつれてときどきわけがわからなくなる。芙美子はそれがおそろしかった。わけがわからなくなって、これ以上自分で自分を信じられなくなることが。

それに、頭が完全にどうかしてしまったと思われるのがオチなので誰にも言ったことはないが、芙美子には、外から誰かに呼ばれているのがはっきりとわかることがある。声ではなく、もっと直接、頭だか心だか魂だかに響く力で呼ばれるので抗《あらが》えない。呼んでいるのは父と母のような気もするし、希子やカレルやエステルのような気もするが、もしかするとそもそも人間ではないもの、神様とか仏様とかかもしれなかった。自分はもうこの世からはみだしかけているのだろう。芙美子はこのごろ、よくそう思う（でも、いまはまだここにいるし、あしたは姪が訪ねて来るのだ）。

夕方、思い立ってクッキーを焼いた。シナモンをきかせたコーヒークッキーで、昔、作り方を教えてくれたのは希子だった。ひさしぶりに作ったのに見た目も味も上々だったので、芙美子は満足した。が、夜になって急に不安になり、弟に国際電話をかけた。姪にたべものの好き嫌いや持病、食品アレルギーなどがあれば聞いておきたいと思ったのだ。弟は心配ないと言った。あの子は健康だし、もう大人で、自分のことはみんな自分でできるからと。それで芙美子は安心して眠った。

そんなふうだったので、翌日、なぜ自分が姪の来訪を忘れていたのかわからない。わからないがともかくすっかり忘れていて、昼下り、芙美子はいつものように散歩に出掛けようとしていた。突然鳴ったブザーに応答すると、

「連れてきたよ」

というデルクの声が聞こえ、だから芙美子は外扉のロックを解除した。デルクなら全面的に信用できるからだ。万が一のためにロックの暗証番号も部屋の鍵も渡してあるのに、デルクはいつも礼儀正しくブザーを押してからあがってくる。そんなところも信頼できた。でも、一体誰を連れてきたというのだろう。そう思ったが口にださなかったのは、なんとなく勘が働いたからだ。芙美子は昔から勘が鋭い。そして、その勘はいま、余計な質問はしない方がいいと告げていた。様子をみるべきだ、と。

案の定、玄関ドアをあけると見憶えのある日本人女性が立っていて、

「芙美おばちゃん」

と日本語で言った。

「まあ」

他に何と言っていいのかわからなかった。が、なつかしさは本物で、芙美子はおずおずと抱擁する。女性はよその国の匂いがした。当然だ、と芙美子は思う。日本から着いたばかりなのだから、と。

「さあ、どうぞ、入って」

そう言ったときには自分でも、この女性――姪だ――の訪問をもちろん自分は憶えていたし、心待ちにしていた――クッキーまで焼いたのだ――、という気になってい

た。

　リビングに案内し、そこが散らかっていることに気づいて芙美子はうろたえる。クッキーを焼く前に掃除をしておくべきだったのに、どうしてそこに思い至らなかったのだろう。ソファの上の本や新聞や携帯電話や何本ものボールペンや、数独の本やレインコート（レインコート？　外は連日晴れているのに、なぜそんなものがここにあるのかわからなかった）やクラッカーの箱をあわててどける。

「ここからの眺め、ひさしぶり」

　芙美子がほっとしたことに、姪は窓の前に立ち、こちらに背を向けている。長身、短髪、複雑な構造の黒ずくめの服を着ている。ストラップのついた革靴も黒だが、ソックスだけ白い。

「沙良《さら》ちゃん」

　ふいにその名前が浮かんだ。ほとんど確信して呼びかけたのだが、

「澪《みお》です。沙良の姉の」

　と言われてしまう。

「チーズ、冷蔵庫に入れておくよ」

　台所からデルクが声を張った。

もちろん澪ちゃんだ。沙良ちゃんはまだ小さいし、一人で外国に来たりしない。最近ときどき思考がもつれるとはいえ、芙美子は元来記憶力がいい。だから澪ちゃんと沙良ちゃんのこともよく憶えていた。二人とも弟の娘で、ここにも何度か遊びに来たことがある。みんなで船に乗ったり花市場を歩いたり、アンネ・フランクの家を見学したりした。

「澪ちゃん、そう言おうと思ったの」

それで芙美子はそう言った。

「紅茶を淹れてくるわね」

と続けたが、デルクがすでに淹れてくれているらしく、台所から戸棚の扉を開閉する音や、茶器のぶつかる音がしていて、芙美子は逃げ場を失う。

「沙良も来たがってはいるんだけど、二人目が生れたばかりだから」

「そうだったわね」

言葉は、考える前に口からすべりでた。芙美子の自覚としては、ごく落着いた笑みと共に。

紅茶を二人分運んできたデルクは、空港の到着ロビーですぐに互いを見分けられたことを嬉しそうに話した。ホテルに寄って荷物は置いてきたけれど、チェックインはまだだということを強調し、芙美子が頼んだチーズについても何か言っていた（コンテはあったけれどマンチェゴはなかったか、あるいはその逆か）。そして、

「何かあったらいつでも電話して」

と、芙美子ではなく澪に言い置いて帰っていった。澪の方でもデルクに丁寧に礼を述べていて、その英語が達者なことに芙美子は感心する。父親の仕事の都合で子供時代を海外のあちこちで過した芙美子や弟と違って、澪も沙良も日本生れの日本育ちだ。それなのに流暢な英語を話すということは、きっとたくさん勉強したのだろう。

それからの小一時間、紅茶をのみながら姪と話した。日本語を話すのは随分ひさしぶりで、それは芙美子にかつての自分自身を思いださせた。こんな老女になる前の自分、このおなじアパートメントで、希子と二人で日々日本語で会話しながら暮していたころの自分を。

澪は、スマートフォンに保存された写真をたくさん見せてくれた。芙美子の弟夫婦（なんとまあ老けたことか。見る影もない。まあ、ひとのことは言えないけれども）、沙良の家族（赤ん坊、赤ん坊、赤ん坊、幼児、幼児、幼児）、それに芙美子も知っているはずだと澪の主張する誰彼の写真。「あら」とか「××ちゃん？」とか「紅葉がきれい」とか反射的に言葉は口をついてでるものの、どの写真もあまりにも芙美子の

日常からかけ離れていて、途中で集中力が途切れてしまう。もはや誰が誰だかわからず、思いだそうとすることも億劫だった。

あけてある窓から弱い風が入る。この部屋は日あたりがよく、空気中の微細な埃が目に見えてしまう。背中が暖かくて眠気をもよおす。

「ここ、憶えてる？　前回おばちゃんが帰国したときに気に入ってくれた公園。あのときは梅が満開だったけど、これはパパの誕生日だから初夏でね、この大きな藤棚、見事でしょう？」

芙美子が日本に住んでいたのは大昔だ。高校生活が半分と、ながい大学生活があった。教員生活も。芙美子が教えていたのは比較文化学で、希子がいたのは事務局だった。まだ若手だったのに、事務局のなかでいちばん融通がきき、教員みんなに頼りにされていた。頭の回転が速く、活発で、辛辣で、情に厚く、勇敢で勤勉だった。きこちゃんと呼ばれていた。芙美子もそう呼んでいた。こっちに来てからもそれはおなじで、外国人にも発音しやすいからか、本人がまだ言葉もできなかったころから、名前だけはすぐに覚えられていた。キコ、キコと親しく話しかけられても、本人は笑っているばかりで返事をしないか、「なんですって？」と日本語で訊き返すありさまだったけれども。老舗の佃煮《つくだに》屋の一人娘で、いずれ婿を取って店を継ぐ予定だったのに、そういうふうにはならなかった。

芙美子はいまも希子の存在をすぐそばに感じる。この部屋のどこにいても、この街のどこにいても。

「おばちゃん？」

声がして、膝にそっと手が置かれた。いつのまにかうたた寝をしていたらしい。

「ごめんなさい、疲れちゃったわよね」

かわいらしい女性が言い、立ちあがって紅茶茶碗を片づけ始める。日本から会いに来てくれた姪の澪ちゃんだ。即座に思いだし、そのことに芙美子は満足を覚える。昔から記憶力には自信があるのに、このごろみんなが余計な心配をするからだ。デルクもイダも、スーパーマーケットの店員や、スタール通りのギャラリーの男の子（名前は忘れてしまったが、いつも親切にしてくれる）まで。

「私はこれからいったんホテルに入るから、おばちゃんはゆっくり休んでね」

澪が言う。

「夕方また迎えに来るから」

とも。

「夕方？」

「お店は六時に予約してあるから、余裕をみて五時すぎに来るわね。ママたちからお土産をたくさんあずかってるから、それもそのときに持ってくるわね」

わかったわ、と芙美子は笑顔でこたえる。おしゃれをして待ってるわねとつけ足すと、澪は「ぜひ」とこたえたあとで、「そのままでも素敵だけど」とつけ足した（ついこのあいだまで小さな子供だったのに、そんなお世辞が言えるようになるとは！）。さらに、

「でもよかったわ。芙美おばちゃん、聞いていたより全然お元気そうで」

とも。

「聞いていたより？」

芙美子はそういうひとことを聞き逃さない（昔から耳はいいのだ）。澪は笑った。

「ほら、そういうところ。ちっとも変らない」

玄関で再び抱擁をする。澪の頬はひんやりとしてすべらかだった（頬と頬をつけるために、背の高い澪は随分深くかがんでくれた）。たとえ数えるほどしか会ったことがなくても、血のつながりを感じるのだから不思議なものだと芙美子は思う。老い先短い身としては、この先を生きる身内に会えるのは嬉しい。

ホテルで荷物を解き、シャワーを浴びてさっぱりとした澪は、冷蔵庫から炭酸水をだしてのむ。壜《びん》のラベルがかわいらしく、外国にいるのだという実感が湧いた。客室は狭いけれど、古めかしい調度品に風情があり、小さなテラスから運河が見おろせる(地図を見て調べたところ、カイゼル運河だとわかった)。シンゲル運河、ヘーレン運河、アウデゼイズ・アフテルブルグワル運河、クロヴェニールスブルグワル運河、プリンセン運河。かつて海運業で栄えたというだけあって、この街は運河だらけだ。

澪はベッドに腰をおろして、同居男性(パートナーという言葉が嫌いな澪はそう呼ぶことにしているが、実質的には恋人であり親友であり家族でもある存在)の圭にLINEを送る。

無事到着。こちらは気持ちのいい夕方。いっしょならもっとよかったのに。

それから父親にも、

無事到着。おばちゃんはとりあえず元気。詳細はまた。

と送った。時差が七時間あるので日本は午後十一時になるところだ。圭はまだ起きているかもしれないが、父親はもう寝ているだろうと澪は想像する。それとも引退後に見つけたたのしみだというNetflixドラマの鑑賞中だろうか。

伯母の様子がおかしいことに、最初に気づいたのは澪の母親だった。電話で会話をしている途中でながいこと黙り込んだり、脈絡のないことを口走ったりするのだと言った。以前は立派に使いこなしていたラップトップもひらいていないらしく、メイルを送っても返信がないのだとも。それで父親がデルク――伯母の親しい友人で、本人は伯母を二人目の母親みたいなものだと言っている――に連絡したところ、不穏な事実が発覚した。デルクが言うには伯母には記憶の混乱に加えて徘徊《はいかい》癖もあり、迷子になって警察に保護されたりもしたらしい。澪には信じられなかった。が、もし事実なら、大問題だった。異国の地で一人暮しをしている伯母が、ある日突然倒れたら？　もし自己認識ができなくなったら？　もし火事をだしたら？

伯母の現状を確認して、必要なら帰国を促す、というのが今回の旅で澪に与えられたミッションなのだが、一筋縄ではいきそうもない。なにしろ芙美子伯母なのだ。

澪が生れた翌年に、伯母はこの国に移住した。だから澪にとってはずっと、「外国に住んでいるおばちゃん」だった。たまに帰国すると、必ず会いに来てくれた。澪の家に泊ることもあれば、いっしょに旅行をすることもあった。物識《ものし》りで皮肉っぽく、子供に対しても大人に対するのとおなじ態度で接してくれる「芙美おばちゃん」が、澪も沙良も大好きだった。誕生日やクリスマスには、毎年カードや贈り物が届いた。木彫の人形とか外国語の絵本とか、チョコレートとかブラウスとかハンカチとか石鹸とか。移住の目的が誰にも白い目で見られることなく女性と暮すことだったという事実は当時子供たちには伏せられていて、「日本はあの人には窮屈なんだよ」という父親の説明に、澪は十分納得していた。若いころから独立独歩の人だったと聞いている。女性は結婚して子供を育てるのがあたり前とされていた時代に、独身をつらぬいて女性の恋人を持つのは大変なことだっただろう。日本では大学で教鞭《きようべん》を執っていたが、移住後は裁判所の事務員の職を得て、定年まで勤めあげた。あの聡明な伯母が惚《ぼ》けるだなんて、澪にはやはり信じられなかった。聡明なだけではない。恋人と暮すために国をとびだすような、勇気と情熱、決断と行動の人でもあったのだ。そんな伯母に、いったいどうやって帰国を促せばいいのだろう。帰国しても伯母にはもう帰る家はなく、高齢者のための施設に入居してもらうよりないというのに。

姪との夕食のために二度も三度も着替えたあとで、芙美子は結局水色のブラウスと黒いスカートを選んだ。小ぎれいな服装をする必要があると勘が告げていた。自分には何の問題もないと示す必要があるはずだ。スカートをはいたのはひさしぶりで、両脚のあいだがすうすうして心許なかったのでタイツをはき、タイツをはいてもいい季節なのかどうかふいに自信がなくなって脱ぎ、やはり寒い気がしてもう一度はく。昔、この組合せのときには黒いスウェードのジャケットを合せていたことを思いだし、探したのだが見つからなかったので（でも、どうしてだろう。ジャケットなんて、間違えて捨てたりするはずもないのに）、かわりにカーディガンを羽織った。最後にシルバーのネックレスをつけ、めかし込みすぎかもしれないと心配になってはずす。そんなことをしているうちにブザーが鳴った。

澪は日本からのお土産だと言って、海苔やお茶や乾燥ひじきをどっさり持ってきてくれた。塩昆布や、二人静《ふたりしずか》という和菓子も。二人静は芙美子の好物で、ひじきは希子の好物だった。煮物や炊き込みごはんにするだけじゃなく、もどしたてのフレッシュなものをパスタのように大蒜《にんにく》と唐がらしで炒めたり、サラダに入れたりしてたくさんたべた。希子は料理が好きで、休みの日は一日じゅうでも台所にいた。希子がいなくなってから、芙美子の生活は味気なくなった。人生そのものが色褪せてしまい、二度と元に戻ることはないのだと感じる。ほんとうのことを言えば、芙美子も希子も常に互いに誠実だったわけではない。どちらも相手に隠れて浮気をしていた時期があるし、それがわかると、どちらも自分のことは棚にあげて相手を責めた。それでも一度も離れたことはなく、なんだかんだと文句を言い合いながらも互いにいちばん親しい相手だった。

タクシーのなかで、澪は自分のことを話した。勤めているテレビ局で最近大規模な配置替えがあったことや、山登りの魅力にめざめ、あちこちの山に登っていること、他にも何か。途中で話が耳に入らなくなったのは、タイツがちくちくして不快だったからだ。一刻も早く脱ぎたい、ということしか考えられなくなる。それで芙美子は運転手に、アパートに戻ってほしいと伝えた。タイツを脱ぐなら靴下をはかなくてはならず、靴下はアパートにあるからだ。澪は驚いたようだったけれども、事情を説明すると理解を示してくれた。

レストランについたときには予約の時間をすぎていた。窓際のテーブルに案内されて腰をおろす。新しくできた店らしく、壁も天井もまっ白であかるい。卓上に置かれたキャンドルも白だ。芙美子の知っているレストラン（芙美子には、気に入りの店が何軒かあった。仕事をしていたころによく同僚とビールをのみに寄った運河ぞいの薄暗い店や、びっくりするほど天井が高く、ウェイターがみんなきびきびしていて気持ちのよかった街はずれの店、いつも希子とでかけた店は、壁にいろいろな人の「お母さん」の写真が貼られ、テーブルには小花柄のクロスがかけられていた）とはまったく趣が違う。世のなかはたえまなく変化していて、芙美子はときどきそれを腹立たしく思う。

ムール貝をたべ、白ワインをのんだ。メインディッシュに注文したクリームコロッケは、芙美子には半分でよかった。

「おばちゃん、こっちに来て何年になるの？」

澪に尋ねられたのは、食後のコーヒーをのんでいるときだった。何年になるだろう。数字は、始終芙美子を混乱させる。いつごろからか自分の年齢があやふやになったし、月も日も時間も、しょっちゅう自分の認識とくいちがう。それに、この国の通貨がユーロになってから、物の値段を見てもそれが高いのか安いのかわからなくなってしまった。

「四十四年？　五年？」

澪は自分でこたえる。数字に関して一つだけ芙美子がはっきり憶えているのは、この国で同性婚が認められ、希子と正式に結婚したのが二〇〇一年だったということだ。移住から二十二年たっていた。性的マイノリティに対して寛容なことで知られるこの国においてさえ、それだけの時間がかかったのだ。もっとも、それ以前から周囲の人たちにはカップルとして扱われていたから、生活する上での不自由は感じなかった。ここでは行政より民度の方が、はるかに早く成熟するのだ。この国の、そういうところが芙美子は気に入っていた。

「日本が恋しくなったりしない？」

尋ねられ、しない、と思ったが、正直にこたえるのは日本から来た相手に対して失礼な気がして、

「そうねえ」

と言葉を濁す。恋しいものはもちろんあった。元気だったころの両親や、当時住んでいた家や街や。でも、それらはもうどこにも存在しないものだ。

「大学のそばにあったお鮨屋さんのお鮨は、たまにたべたくなるわね」

そうこたえた。が、あの鮨屋だって、たぶんもう存在しないだろう。日本を発つ直前に、家族で食事をしたのが最後になった。そのときにまだ若かった自分が着ていた紺色のワンピース（父親が贔屓《ひいき》にしていた仕立て屋――テーラー・コバヤシという名前の店だった――で作ってもらったものだ）まで思いだし、芙美子は自分でたじろぐ。最近の出来事はすぐにすべてが混ざり合って輪郭を失うというのに、遠いことは鮮明に憶えている。あの夜の両親の表情を思いだすと胸が痛んだ。二人とも静かに芙美子を送りだしてくれたが、人生の半分以上を異国で暮らしている自分は親不孝な娘だと思う。男性とは結婚しなかったから、彼らの子孫を残すこともできなかった。

「でもね」

気がつくと芙美子は呟いていた。言い訳をしたかったのだが、でもね、の続きが言葉にならない。指先がふるえる。自分の身体にもしもっと水分が残っていれば、涙をこぼしたのかもしれなかった。実際の両目は乾いたままだったけれども。

「おばちゃん？」

周囲の喧騒が遠のき、芙美子は自分がどこにいるのかわからなくなる。目の前の女性が誰なのかも。わかっているのは、父親も母親も死んでしまったということだけだ。あんなに若く、いきいきしていたのに。芙美子が思いだすのは、たとえば市場で買物をしている母親の姿や、書斎で書類仕事をしている父親の姿だ。あれはドイツの家だっただろうか、それともスイスの家？　引越しの多かった少女時代の記憶は細部だけが鮮明で時系列があやふやだった。庭で大きな犬（レオという名前の白い雑種犬だった）を洗ったことを思いだす。あるいは毎朝母親に学校まで送ってもらっていたことを。それらは一瞬で過ぎ去る。五歳だった日々も八歳だった日々も十二歳だった日々も――。

「おばちゃん？　大丈夫？」

目の前の女性が言い、周囲の喧騒が戻ってくる。

「日本に帰ればいつでもお鮨がたべられるし、歌舞伎の舞台も観られるわ。おばちゃん、好きだったでしょ？」

歌舞伎を好きだったのは希子だ。公演の日程に合せて帰国の予定を決めたりもしていた。芙美子はまったく興味がなかったが、希子の喜ぶ顔が見たくていっしょにでかけていたのだ。

「ひとり暮しは淋しいに違いないって、パパもママも心配していて」

芙美子が観たいのは歌舞伎よりむしろ相撲だ。父親がある力士を熱心に後援していたので、昔、家族でよく観戦にでかけた。国技館のおもてにはためいていた色とりどりの幟《のぼり》や、幕内力士の土俵入りや。

「ほら、希子さんが亡くなってもう随分たつでしょ？」

希子という名前を芙美子の耳がとらえる。

「いますぐじゃなくても、いずれはって、ね？」

何が「ね？」なのかわからなかった。それでも目の前の女性が身内の誰かだということはわかったので（おなじテーブルで食事をしているのだし、なにしろ日本人だ）、

「そうね」

と芙美子は話を合せた。そして、

「おなかがいっぱい。そろそろ帰らなきゃ。おいしかったわ」

と言った。すくなくとも、それは事実だ。

一人で帰れると主張したのだが、女性――おそらく姪だろうと芙美子は見当をつけている。大学時代の友人の娘とか、希子の親戚とかの可能性もなくはなかったが――はタクシーで送ると言って聞かなかった。仕方なく芙美子は送られるままに、おとなしくアパートに帰った。


昔、この国に住み始めたばかりのころ、ふくらはぎに突然おできができたことがあった。虫さされだろうくらいに思っていたのだが、数日で化膿して凄《すさま》じく痛みだし、とくに、朝、ベッドからおりた瞬間の痛みには毎回悲鳴をあげたほどで、たまりかねて病院に行くと壊疽《えそ》と診断された。腐敗菌が血液まで入り込んでいるかどうかをすぐに調べる必要があるとかで、車椅子に乗せられ、看護師がそれを押しながら走って検査室に連れて行ってくれた。廊下のベンチで待っている人たちの順番を、すべてとばして調べてもらったことを憶えている。検査結果は最悪で、医師には、二十四時間以内に片方の脚の膝から下を切断しなくてはならないと告げられた。思いだすとおそろしい気持ちがするのだが、芙美子はあのとき「わかりました」とこたえたのだった。「何であれ、必要な処置をしてください」と。事態は急を要するようだったから――。

でも希子は違った。まず医師に腹を立て、次に懇願し、検査をやり直してくれるよう迫った。当時、希子はまだこの国の言葉を話せず、英語もあまり得意ではなかったので、いちいち芙美子が通訳しなくてはならず、当事者である自分が両者のあいだに立つのは奇妙な気がしたものだった。が、不思議なことに、希子が感情的になればなるほど芙美子は冷静になった。騒いでも仕方がない、手術も切断もその後の生活も受け容れよう、という気持ちだった。そうする以外にないではないか。医師が再検査に同意して、再び車椅子に乗せられ、再び看護師が走り、数時間後に一度目とは違う検査結果を知らされたときには、だから狐につままれたようだった。結局腐敗菌は血液にまでは侵入しておらず、筋肉組織の壊死《えし》がその後どこまで進むかはわからなかったものの、手術はしなくて済むことになった。希子の往生際が悪かったお陰だと芙美子は思う。でもその希子は、いざ自分が病気になると、あっというまに往生してしまったのだけれども――。

遠いことを思いだしながら歩いていたら、いつのまにかニューマルクト広場まで来ていた。姪だと思われる女性に送ってもらったあと、ほんのすこしおもての空気を吸うだけのつもりでアパートをでたのに。

レストランからこぼれる光や街灯で、広場は夜でもあかるく、賑やかで、そこらじゅう人だらけだ。カップルや観光客や、おそらく学生であろう若者の集団や――。夜に歩くのは、昼に歩くのとはまた違う喜びだと芙美子は思う。人々がみんないまこの瞬間を愉しんでいることがわかり、その一点において同胞だと思えるからだし、風景が濡れたように色を濃くして美しいからでもあり、川の匂いが強くなるからでもあった。それに、夜は昼より記憶が甦りやすい。どうしてだかわからないけれども。

　ずっと昔の夜に、ペイルステイフ通りのカクテルバーで希子ではない女性に出会い、息が止まりそうな数週間（実際、二人ともしょっちゅう過呼吸ぎみになり、大きく息を吸い込んでは笑い合ったものだった。息を吸い込まずにはいられなかった。うれしすぎて、目の前の幸福に驚きすぎて）を過したことを、たとえば芙美子はいま鮮烈に思いだす。きのうのことみたいだ。いっしょにいると、自分たちの周囲の空気がたえまなくふるえ、生気を帯びているのが肌でわかった。それはほとんど植物が育つ気配のようで、目には見えないものの、無尽蔵のエネルギーを秘めていた。毎晩おなじバーで会った。彼女は色のきれいなカクテルを端から頼みたがった。きれいなことが大事で、味はどうでもいいと言った。あのころ、芙美子はそういうばかげたことが大好きだったのだ。彼女の名前は何といっただろう。ベルギー人で、この街には仕事で来ていると言った。ホテルではなく会社の借りているアパートに泊っていた。よく笑い、よく顔をしかめるひとで、彼女にとって物事はとてもおもしろいか、腹立たしいかのどちらかなのだった。

運河ぞいに、来た道をひき返す。川風はつめたいが、寒さは感じなかった。出がけにレインコートを羽織ってきたからで、レインコートというのは便利なものだと芙美子は思う。防寒になるだけじゃなく、もし場違いな服を着ていても、それを隠してくれるのだから。

まだアパートは見えてこない、というより、アパートのある道に曲がる手前の道も見えてこない。郵便局も。クリーニング店も。すでに繁華街からはずれているので人通りがすくなく、あたりにはただ夜が広がっている。おもてにでたくてでてきたことはわかっているのに、いまはただ部屋に帰りたかった。

私は大丈夫、と芙美子は思おうとする。道はわかっているのだし、時間だってまだそんなに遅くはなく、すくないとはいえ人も歩いている。いざとなったら住所を言って方向を教えてもらえばいいのだ。犬を散歩させているあの男性とか、スポーツウェア姿でこちらに向って軽快に走ってくるあの女性なんかに。以前にも何度かそうしたことがある。みんな親切に教えてくれた（おなじ方向だからと言って、いっしょに歩いてくれた人もいた）。一度だけ、どういうわけか住所を言えずに口ごもってしまい、通報されたことがあったのだが、一度だけのことだ（あのあと、芙美子は万が一に備えて住所を書いた紙をバッグに入れて持ち歩いているが、一度も使ったことはない)。景色には見憶えがあるのだから、もう近いはずだった。通りを一本間違えたのかもしれないと思い、いったん右に折れ、左に折れてみる。まっすぐ南下してきたとすれば、これで一本西側の通りに入ったはずだ。装飾的な門にもその奥の建物にも見憶えがあった。が、そんなことを言えば、芙美子はこのあたりの大抵の道に見憶えがあるのだ。

マルクト広場のあと、市庁舎の脇を歩いたことは確かだった。運河ぞいの道を南下し、水面に映る跳ね橋の灯りを眺めたことも。そこまで戻るべきかもしれないと思ったが、どう歩けば戻れるのかわからなかった。次に会う人に道を訊こうと芙美子は決め、住所を頭のなかで念仏みたいに唱えながら歩く(当然だが、紙などなくてもすらすらと暗唱できた)。もはや方向は考えられず、右に折れ左に折れしながらやみくもに進む。月は見えなかったが星がでていた。芙美子には星で方角を読むことはできないが、それができる人がいることは知っている。たとえばあの人ならできたのかもしれないが、父親の友人だったのだから、とっくに死んでいるだろう。小太りで物静かで、含羞《がんしゅう》のある表情で笑うおじさんだった。倉ちゃん、と父親が呼ぶので、芙美子たち家族もそう呼んでいたが、倉田さんだったのか倉本さんだったのか、倉島さんだったのかはわからない（弟なら憶えているかもしれなかった。芙美子よりも弟の方があの人になついていたから）。倉ちゃんには本人とおなじくらい物静かな奥さんがいて、奥さんはいつも和服を着ていた。夫婦に子供はいなかった。スイスに別荘を持っていて、その別荘には天体観測専用の小部屋があった。あの人は誰だったのだろう。父親の同僚？　取引先？　当時、仕事で外国に駐在している日本人にはコミュニティがあったから、存外そこでたまたま知り合っただけの人だったのかもしれない。

日本人コミュニティはどの街にもあった。ケルンにも、ロンドンにも。子供だった芙美子の目に、そこにいる人たちはみんな異質に見えた。その街にはそぐわない、はみだし者の集りのように。そして、自分もまたそのうちの一人なのだという事実に困惑した。けれどそれがいやだったかと問われれば、そういうわけでもなかった。デラシネであること、漂流者であること――。記憶のなかの少女にとって他所者《よそもの》であることは、寄るべないと同時にロマンティックな、特権的なことでもあったのだ。いまはもう違うと芙美子は思う。いまの芙美子は自分を外国人だと思うことはあっても、他所者だと思うことはなかった。だからもう何もロマンティックではないし、どこかここではない場所に、べつな人生が待っているという錯覚をすることもない。

人と何度かすれ違ったが、芙美子は道を尋ねなかった。もうすぐアパートが見つかるという予感があった。匂いでわかった。具体的に何かの匂いがしたわけではなく、なんというか、空気に含まれる親しさの度合いのようなものが濃く、濃くなってくるのだ。そしてそれが現れる。アパートではないが、見馴れたウェーテリング庭園の端の塀が。ここまで来ればもう大丈夫だ。まっすぐ行けばいつもの大きな銀行があり、芙美子のアパートは、銀行のすぐ裏側にある。やれやれ、と安心して全身の緊張がほどけると同時に、わかっていた、とも芙美子は思う。わかっていた。さっきは道に迷ったような気がしたが、それはそういう気がしただけで、この街が芙美子をだますはずがないのだった。

湿気がないせいだろう、きょうも朝から晴れているのに涼しく感じられる。ホテルで朝食を済ませた澪は、午前中を観光に充てることにして、まずアルバート・カウプ通りにでかけた。約二キロにわたって屋台が立ちならぶ、この街の台所とも呼ぶべき名所だとガイドブックに書かれていたからで、行ってみるとたしかにその通りだったが、人が多すぎて歩くのもままならず、澪は早々に疲れてしまう。次に行った女子修道院の中庭（初夏は薔薇やあじさいが花盛りで美しいとガイドブックに書かれていた）も人が多く、誰もが立ちどまって写真を撮るので（自撮り棒を駆使している人たちもいた）、邪魔をしないように足を速めざるを得ず、ゆっくりと花を愛《め》でるどころではなくて、澪はまた早々に退散した。これだから一人旅は淋しいのだと思う。どうしても他の旅行者のエネルギーやはしゃぎぶりに負けてしまう。人混みを避けるように歩いてトラムに乗り、座席に坐るとほっとした。ブルーと白のすっきりした車体を澪は美しいと思う。大きな窓も、わかりやすい行き先表示も。

澪がこの街に来るのは今回で三度目だった。子供のころに一度と成人してから一度、どちらも両親と沙良の四人で来ている。両親も伯母もまだ若く、伯母のそばには希子さんがいた。澪はまだ圭と出会っておらず、沙良には夫も子供もいなかった。前回の旅からきょうまでのあいだに、人も街も随分変ったものだと澪は思う。トラムの窓から見える景色からだけでもそれがわかった。以前、澪はこの街をヨーロッパの他の都市にくらべて地味だと思っていた。地味で静かで古めかしく、陰影が深いぶんだけ淋しい印象があった。が、いま、街には新しくて奇抜な建物が幾つも建ち（クジラの形のビルまであった）、いま風のカフェやブティックが軒を連ねて、外国からの観光客を待ち構えている。

ホテルの近くまで戻り、サンドイッチを買って運河ぞいのベンチでたべる。水の上を、ひらべったいボートが何艘も流れていくのが見えた。どのボートも日ざしで肌を赤くした観光客でいっぱいで、みんな岸辺の写真を撮ったり、こちらに向って手をふったり、恋人同士で囁き合ったり、にぎやかで愉しそうだ。まぶしさに、澪は目を細める。日ざしはあたたかく、風は涼しく、生のひき肉とオリーヴの実をはさんだサンドイッチはおいしかった。午後は伯母と美容室に行くことになっている。きのう、ひさしぶりに伯母に会った澪がいちばん驚いたのが髪だった。驚いたというより衝撃を受けたと言うべきだろう。長くのばした髪を伯母はうしろで一つに束ねていて、薄くなった上にコシのない白髪は、何日も洗っていないように見えた。ゴムをはずして櫛《くし》を通すことさえしていないのかもしれず、からみ合ってもつれてもいた。かつての伯母の髪はつねに鋭角的なショートボブに整えられていて、それがよく似合っていた。写真で見る限り昔からずっとおなじスタイルで、それがいわば伯母のトレードマークだった（絵の好きだった沙良が描いて手紙に同封したたくさんの似顔絵も、だからいつもショートボブの女性の顔だった）。ゆうべ、レストランでムール貝をたべながら、なぜ髪型を変えたのかと澪が訊くと、きれいなおかっぱを保つには頻繁に美容室に行かなくてはならず、それがわずらわしいからだと伯母はこたえた。なんとなく気まずそうに目を泳がせて。最後に髪を洗ったのがいつかとはさすがに訊けなかったので、「でも、洗うのは短い髪の方が楽でしょう？」という言い方を澪はしてみた。「美容師さんに洗ってもらうのはもっと楽よね」「これから夏に向けて、頭が軽くなればさっぱりするし」「気持ちもあかるくなると思うし」とたたみかけ、自分もちょうど行きたいと思っていたのだという嘘までついて、美容室に行く約束をとりつけたのだった。昔から人に指図されるのが嫌いな人だったから、拒否されることを半ば覚悟していたのだが、澪ちゃんがそう言うなら、と、拍子抜けするほどあっさりと同意してくれた。ひさしぶりに切ってみようかしら、と、うれしそうに。

伯母はあきらかに昔よりも集中力を欠いていて、ゆうべも食事の途中でぼんやりし始め、目の虚ろな心細そうな表情で黙り込んでしまったのだが、それでも伯母のなかに昔と変らない女性がちゃんと存在していることが、あの瞬間——ひさしぶりに切ってみようかしらと伯母が目を輝かせ、声を弾ませた瞬間——には確信できて、澪は救われた思いがした。自分のよく知っている伯母にやっと会えた気がして。

芙美子はその朝、八時まで眠った。普段は眠りが浅く、四時か五時に目をさましたあとは、途切れ途切れにうとうとできればいい方だった。よく寝たからか朝から空腹で、パンの他にチーズもたべた。芙美子はチーズというたべものが好きだ。ゴーダとかエダムとかマースダムとか、コンテとかエポワースとかマンチェゴとか。子供のころ、チーズは朝のテーブルにならぶものだったが（専用のナイフで切り分けてくれる母親の手つきを憶えている）、大人になってからはワインやウイスキーに合せて深夜にたべるものになった。さまざまな種類のものを買い揃えていたので、訪ねてきた友人たちに、まるでチーズ屋みたいな冷蔵庫だと笑われた。いまでは自分でも信じられないが、そんな日々があったのだ。毎晩のように宵っぱりの仲間たちがここに集った。そして、でも、訪ねてくる友人たちもいなくなったいま、チーズがまた朝のテーブルに戻ってきたわけなのだった。

洗濯機をまわし、テレビを観ているときに電話が鳴った。テレビはショー形式のニュース番組で、以前は好きではなかったのだが、最近は毎朝のように、気がつくとつけている。おなじニュース番組でも、夜のそれと朝のそれは全然違う。討論があったり特集があったりして、じっくり観られる夜の番組が芙美子は好きで、次々に話題の変るにぎやかな朝の番組が希子は好きだった。希子に言わせると、朝のそれはニュースというより情報で、「これから一日を始めようとする人たちの準備運動」として機能するそうだった。そう言われても、当時の芙美子にはわからなかった。朝っぱらから騒々しいものは勘弁してほしいとしか思えなかったし、口にだしてそう言いもした。いま、こうして毎朝のように騒々しいニュース・ショーを漫然と観ている芙美子を見たら、希子はなんて言うだろう。「やっとわかった?」と笑うだろうか、「ちょっと、どうしちゃったのよ」と心配するだろうか。もっとも、芙美子にとってこれは「準備運動」というよりも、自分とは何の関係もない場所で、きょうも世の中がちゃんと動いていることを確かめる行為という方が近い。政治家のスキャンダルとか悲劇的な事故とか株価とか、交通状況とか海外の戦争とかスポーツの結果とか、家畜の病気とか芸能人のゴシップとか――。それとも逆だろうか。ちゃんと動いている世のなかに、まるで動いていない自分がそれでもまだ生きて存在していることを確かめる行為?

おんなじことよ、と、希子なら言うかもしれない。希子にはそういうところがあった。つい瑣事《さじ》にこだわってしまう芙美子とは違って、達観しているというか、大局的に物を見るところが。だからこそ、芙美子の言葉だけを信じて故郷を捨てることができたのだろうし、年の離れた若者たちに混ざって学生をすることもできたのだろう(学校はさぼりがちだったけれども)。この国に縁もゆかりもなかった希子は、当初、学生ビザで入国するよりなかった。学校に通いながらひそかにアルバイトに精をだし、やがて学校には行かなくなった。ずっとハウスボートに住みたがっていたのに、陸地に住みたい芙美子は反対し続けた。あんなに早く逝ってしまうなら、住む場所なんて希子の好きにさせればよかった。瑣事にこだわらず潔いということと、何事にも――生にさえ――執着せず諦めのいいことの差が、芙美子はときどきわからなくなる。

電話が鳴り始め、そういえばさっきも鳴っていた、と芙美子はぼんやり思いだす。こういうことはよくあった。音は認識しているのに、そのことと、電話にでるという行為が結びつかない。ああ電話が鳴っているな、と思うだけで完結してしまう。けれどいまは結びつき、芙美子はあわててソファから立ちあがる。リモコンを使ってテレビのヴォリウムを下げ、壁掛け式の送受話器をつかむ。

「Gelukkig《よかった》」

おはようでももしもしでもなく、イダはいきなりそう言った。

「何度かかけたんだけれど呼びだし音が鳴るばっかりで、お散歩かなとは思ったんだけれどなんだか心配になっちゃって、様子を見に行こうかと思っていたんですよ」

はつらつとした声が早口で言う。イダはデルクの妻で、いつもはつらつとしている。肌が白く頰が赤く、胸もお尻も見惚《みと》れるほど大きい。おしゃべりで働き者で世話好きでたくましく、まさにデルクにうってつけの女性だ。義父となったカレルによると、「おせっかいのすぎるところが玉に瑕《きず》」らしかったけれども。

「日曜日のことなんですけど、用意する料理やデザートに、何か希望はありますか?」

というのがイダの電話の用件で、芙美子は一瞬返答に詰まる。日曜日？　何か約束をしていただろうか。だいたい、きょうが何曜日なのか思いだせなかった。が、

「お任せするわ」

とこたえることはできた。

「手間とお金のかからないものにしてね」

と言うことも。料理の用意をしてもらうのだとすれば、そうこたえるのが妥当に思えた。イダは笑って、

「大丈夫、手間をかける暇だけはあるし、お金はそもそもあまりないから」

と言う。そして、ゆうべは何をたべたのかと訊いた。姪御さんと、どこにおでかけしたの？　と。

そうだった、と芙美子は驚きと共に記憶を甦らせる。姪が遊びに来ているのだった。即座に記憶が甦ったのだから、憶えていたと言えるはずだ。

「澪ね」

憶えていた証拠として芙美子が言うと、

「Ja《そう》, Ja《そう》」

と言葉が返る。タイツがちくちくしたことを芙美子は思いだす。テーブルにキャン

ドルが置いてあったことも。外食はひさしぶりだった。目の前の姪は若くいきいきとしていて、よくたべてよくのみ、芙美子は自分が年をとったことを改めて思い知らされた。

「フミ?」

澪はアパートまで送ってくれた。別れ際に、「じゃあまたあした」と言い、「必ずね」と言った。またしても驚かざるを得ないのだが、レストランで食事をしているとき、なぜだかいっしょに髪を切る約束をしたのだ。レストランの場所も名前も思いだせないのに、そのことだけははっきりと憶えていた。あのときにはいい考えに思えたのだ。わくわくしさえした。何をとち狂ったのだったか——。

「ごめんなさい、もう切らなくちゃ」

イダに負けないくらいの早口になって芙美子は言った。こんなことをしている場合ではない。澪は何時に来ると言っていただろう。

どうしたのかと心配するイダに問題ないと請け合って、電話を切った芙美子はまっすぐバスルームに向った。洗面台の前に立ち、鏡のなかの自分を見る。これは普段、可能な限り避けている行為だ。鏡のなかの自分を見ると希子の不在を突きつけられる気がするからで、希子の見たことのない自分など、芙美子自身も見たくなかった。希子はもう年をとらないのに、芙美子だけが一人で年をとらなくてはならないのだ。どんどん、見たことのない動物みたいになっていく。約束を反故《ほご》にしたいという欲求が烈しく湧きあがった。気分がすぐれないと言ってもいいし（なにしろ芙美子は年寄りなのだ）、単に気が変ったと言ってもいい（これは、たぶん、芙美子が芙美子だから で通るだろう）。けれど同時に、はるばる日本から来てくれた澪をがっかりさせたくないという気持ちもあった。芙美子の会う最後の親族かもしれないのだ。

鏡のなかの、怒ったような顔つきの女と芙美子は向い合う。婆さんというより爺さんみたいだと思う。丸くて愛敬のある顔立ちだった希子と違って、面長で彫りの深い（といえば聞こえはいいが、要は骨張っていてやわらかみに欠ける）自分の顔が、芙美子は昔から好きになれなかった。そして、ひさしぶりに直視したいまは、ますます好きになれないばかりか、見知らぬ他人の顔のように思えた。

嘘をついたわけではない。ホテルに戻り、両親への電話報告を終えた澪は思った。ゆうべ、日本に帰るつもりはあるのかと尋ねたとき、伯母の返事は曖昧だった（し、その気はなさそうに澪には見えた）が、「いまではなく、いずれ」という条件をつけたら、はっきりと、「そうね」と微笑んで認めたのだから。

「いずれ帰るつもりはあるみたいよ」

それで澪はついそう言ってしまった。「いずれ」という言葉はただでさえ曖昧だし、伯母の年齢を考えればますます現実性に乏しく、そこに「みたいよ」もつけ足したのだから、実質的には何も言っていないつもりだった。が、父親は心から安堵した声をだした。「そうか」とかみしめるように言い、「よかった」と何度も言った。

「待って待って。帰るって決ったわけじゃないから」

澪はあわてて否定したが、父親は「わかってる」と言った。「あの人がそう簡単に説得に応じてくれるとは思っていない」とも。そして、でも、「いい施設を探さなきゃな」とも声をあかるくして言い、結局のところ、父親のなかでは伯母の帰国が前提となっているのだった。

「で、どうなの、実際のところは」

続けて圭に電話をかけ、父親とのやりとりを話すと、ははは、と事もなげに笑いとばしたあとで圭は訊いた。

「かなりあやうい感じ」

澪は正直にこたえる。冷蔵庫からラベルのかわいい炭酸水を取り、左手に電話を持ったまま、太腿《ふともも》にはさんだ壜の栓を右手で抜いた。

「元気は元気なんだけど、昔とは全然違っちゃってる」

ときどきシャープさが見えたし、美容室の話になったときにはほとんどいきいきとしてさえ見えたのだが、そこまで説明するとながくなるので澪は端折《はしょ》った。

「話してる途中でしょっちゅうぼんやりして、頭がどこかに行っちゃうみたいだし、私を沙良と間違えたりね」

「まあなあ」

圭の相槌は、年を取ったのだからそのくらいは仕方がない、という感想語に聞こえた。

「でも、すごく恰好いい人だったのよ?」

なんとなく伯母が気の毒になり、遅まきながら澪は言ってみる。

「颯爽《さっそう》としていて、お洒落で、昔は大学の先生で」

言葉を重ねれば重ねるほど、澪の伝えたい芙美子伯母の本質から離れるような気がした。

「やさしくて、おもしろくて、自由で」

「まあなあ」

今度の相槌は、澪の言いたいことはわかるよ、というふうに聞こえたが、芙美子伯母に会ったことのない圭に、わかるわけがないのだ。短いけれど不穏な沈黙ができる。

「でも、あしたからパリでしょ?」

圭は声の調子を変えて言った。

「涼子ちゃんたちに会えるのたのしみだね」

と。伯母の話はもう十分だと判断したのだろう。なんとなく不本意だったが、澪の気持ちをあかるい方に向けようとしてくれているのだということはわかった。実際、澪自身、任務を帯びた前半の旅より、友人夫婦の住むパリに遊びに行く後半の旅の方をたのしみにしていたのだ。

「うん。タリスっていう列車に乗れば三時間二十分。朝でれば、お昼にはパリについちゃうの」

こたえながら、でもいまはうしろめたかった。パリに行くことがではなく、出発前に後半の方をたのしみにしていたことがで、それは、伯母に対する決定的な裏切りのように思えた。

「いいなあ、俺も行きたかったな」

圭は言った。

「涼子ちゃんたちによろしくね。澪にあんまり酒のますなよって、俺が言ってたって伝えて」

と、のんきそのものの声音で。

電話を切ったあと、澪は考えてしまった。両親であれ圭であれ、旅先から大切な人たちに電話をすると、声を聞く前よりも相手を遠く感じるのはどうしてだろう。

ホテルから伯母のアパートまでの道は、もうすっかり頭に入っている。スパウからトラムに乗ることもできるし、ニューマルクトから地下鉄に乗ることもできるが、澪は歩くことにした。途中にかわいらしい店が集った通りがあるからで、ビーズ屋とか歯磨き用品の専門店とか、ガラス越しに外から見るだけでもたのしい。運河ぞいに植えられた街路樹はたっぷりと大きく、風が吹くと樹皮の匂いがした。

石造りの古いアパートは、ブザーを押して住人に入れてもらう仕組になっている。錆びた四角い器具に向って「澪です」と言うと、かちりと音がしてロックが解除された。不安になるほど旧式のエレベーターで三階にあがり、今度は玄関のブザーを押す。しばらく待たされたので、のぞき穴からこちらの様子をうかがっているのかもしれないと澪は想像した。ひとり暮しなのだからそのくらい注意深くあってほしいと思う一方、ついさっきおもてのブザーで名乗ったのにまさかもうわからなくなってしまったのだろうかと心配になる。ようやくドアがあき、準備万端整えて（というのはつまり、ハンドバッグまで持って）そこに立っている伯母を見て、澪は目を疑った。

「どうしちゃったの？」

伯母の髪は、もううしろで束ねられてはいなかった。ほどかれて、目もあてられないくらいぼさぼさだった。そして、あきらかにあちこち切られて長さがばらばらになっていた。

「ブラシくらいかけようと思ったの」

というのが伯母の返事だった。

「あんまりくちゃくちゃじゃみっともないから」

というのが。

「でも」

と咄嗟に口走った澪は、その先をどう続けていいのかわからなくなる。伯母の髪は、まるで映画や漫画にでてくる誇張された天才科学者（白衣を着て丸眼鏡をかけた小柄な男性で、なぜか白髪が逆立っている）みたいだった。が、伯母は気にするふうもなく、

「行きましょ」

と言って澪の横をすり抜けた。

美容室（今朝、ホテルのコンシェルジュに頼んで予約してもらった店だ）まで歩く道々、澪が聞いたのはこういう説明だった。他人に触らせる前に自分で髪を梳《と か》しておきたいと考えた伯母は、ひさしぶりにヘアブラシを手に取った（自分のそれはなぜか見つからず、希子さんの部屋にあったものを拝借した）。しかし髪は頑固にからまっていて上手く梳せず、じれったくなった伯母は「くっついたりからまったりしてる部分を」ハサミで切った（「だって、どうせ切るのならおなじことでしょ？」）。そうやって力任せにブラッシングしたところ、静電気が起きて髪全体が広がってしまった。

腹を立てたように話すあいだ、伯母は昔みたいに元気だった。口ごもることもぼんやりすることもなく、明晰に、歯切れよく喋った。ブラシと格闘する伯母の姿を想像して澪が笑うと、つられたように伯母も笑った。歩きながら、天才科学者みたいな髪で。

美容師の女性は伯母の髪を見てぎょっとしたかもしれないが、表情にも態度にもださなかった。そして、たった一時間ですばらしい仕事をしてくれた。お世辞でも大袈裟でもなく澪は目を瞠《みは》った。昔とおなじショートボブ（伯母の言い方を借りればおかっぱ）だが、黒髪だったころのそれとは違うやわらかさと、優雅さが今度の髪型にはあった。

「とっても素敵」

澪は思わず伯母に抱きついてしまう。ほんとうは美容師にも抱きつきたいほどだったが、なんとか冷静さをとり戻して思いとどまった。

「頭が軽すぎてこわいみたい」

伯母が呟く。

「とっても素敵よ」

澪はくり返した。シャンプーとブローだけをしてもらった澪も頭を軽く感じた。動くたびに、自分の髪から馴染みのないシャンプーの匂いがする。料金は、二人で九十二ユーロだった。

夕方だが、おもてはまだ真昼のようにあかるい。スーパーマーケットに寄って食材を買う。澪は外国のスーパーマーケットが好きだ。広くて清潔感があり、驚くほど品数が多くてたのしい。カートを押しながら通路を歩き、野菜を選び、果物を選んだ。肉を買い、魚も買う。途中、伯母は何人もの店員から話しかけられていた。澪には言葉はわからないが、みんな伯母の新しい髪型をほめてくれているようだった（ほめられればほめられるほど仏頂面になり、ぶっきらぼうな態度をとるのがいかにも伯母らしかった）。

「人気者なのね」

澪が言うと伯母は呆れ顔をして、

「そんなわけないでしょう?」

と言った。

「ながく住んでいるから顔見知りだっていうだけですよ」

と、ほとんど怒ったように。

最後にアイスクリームを買って(たくさん種類があるなかで、伯母は迷わずピスタチオを選んだ。「希子はこれが好きだったの」と言って)、店をでた。

いまならば、と澪は思う。伯母がきのうよりも元気に見えるいまならば、帰国の話をもうすこし具体的にできるかもしれない。

「この先のことだけど」

それで澪はそうきりだしてみる。

「おばちゃんはどんなふうに考えてるの?」

両手に提げた荷物が重い。ちょっと買いすぎただろうか。

「この先のこと?」

伯母は不思議そうな顔をする。

「そう。いずれするつもりの帰国の時期とか」

荷物が重い上に、道が若干登り坂だった。

「おばちゃん、こういうのいつも自分で持ってるの？」

澪が訊いたのと、

「帰国なんてしませんよ。私には帰るところなんてないもの」

と伯母がこたえるのとが重なった。

「普段はこんなにたくさん買わないから問題ないわ」

二つ目の質問に伯母はこたえる。

「頼めばデルクやイダが車に乗せてくれるし、年寄りには無料で配達してくれるサービスもあるしね」

「でも、病気になったりしたら大変でしょう？」

澪は一つ目の質問を推し進めた。

「病気になったら病院に行きますよ。みんなそうするものでしょう？」

にべもない返事を聞いても澪は驚かなかった。思考が明晰なときに質問をすれば、明晰なこたえが返るに決っていた。相手は芙美子伯母なのだから。

どういうわけで自分が昼寝をしたのかわからなかった。昼寝は嫌いなのに――。昼寝をすると、寝る前よりも疲れるのだ。身体が重く、頭もぼんやりしてしまう。時計を見ると午後三時だった。芙美子は短くなった自分の髪に触る。無防備になった気がする首筋にも。きのう、姪の提案で髪を切った。そのことは後悔していないし、正直に言えば、美容室の鏡に映った自分を見たときにはちょっと驚いた。たかだか髪くらいで、随分小ぎれいな印象になるものだと思って。

服のままベッドに入っていたらしい。ますます不可解だった。ソファでうたたねをしたというのならともかく、わざわざベッドに入ったということは本格的な昼寝だ。昼寝は嫌いなのに――。寝るべき時間ではない時間に寝てしまうことはおそろしかった。もしかするとそのまま目ざめないかもしれないのだから。

ともかくベッドからでて顔を洗った。昼寝をする前のことが思いだせない。何か大切なことを忘れているようで不安だった。きょうもまた、姪とどこかにでかける約束をしただろうか。はるばる日本から来たのだから、ショッピングとか、美術館とか？思いだせなかった。ゆうべの記憶をたどってみる。髪を切ったあと、二人でスーパーマーケットに行った。そこからここに戻って、澪が日本風の料理をつくってくれた。ソテーした切り身魚とか、鶏だんごの入ったおすましとか。たべながらいろいろ話をした。日本に帰る気はないのかとか（ないと芙美子は正直にこたえた）、家政婦さんを雇う気はないのかとか（ないと芙美子は即答した）。他には？　他にも何か話したはずだ。大事なことを思いだせそうで思いだせず、芙美子は落着かない気持ちになる。部屋でじっとしていることはできそうもなく、おもてを歩けば思いだすかもしれないと思った。窓の外は曇り空だが、雨は降っていない。寒いような気がしてセーターを着た。焦げ茶色のモヘア糸で編まれたたっぷりしたセーターで、裾に小さく四つ葉のクローバーが刺繍されている。その上にレインコートを羽織り、ハンドバッグをつかんだ瞬間に思いだした。イダだ。

　料理を用意すると言っていた。何か希望はあるかと電話で訊かれていたことを、なぜだかすっかり忘れていた。あやうくすっぽかすところだった。が、きわどいところでこうしてちゃんと思いだせた。Godzijdank.《ああ、よかった》　芙美子は安堵する。すべきことがわかると、俄然行動が早いのが芙美子だ。楽なのでいつもはいているスラックスを、もうすこしきちんとしたスラックスにはき替える（親しき仲にも礼儀ありだ）。ワインと花のどちらを持って行こうかと考えて、花に決める。イダは花が好きだ。庭にいろいろ植えているし、部屋にもたいてい切り花が飾ってあるが、だからといって人からもらってもうれしくないということにはならないだろう。すべての窓が閉まっていることを確認してアパートをでた。

まず花屋に行く。昔からある気に入りの店で、つめたい匂いと溢れ返る色彩に圧倒されるのはいつものことだ。芙美子は白と黄色のアイリスを選んだ。花びらが大きく、色鮮やかなのにどこか地味な佇《たたず》まいのアイリスはイダに似合う。支払いをして店をでると雨が降り始めたが、ぽつぽつと舗道にまるい染みをつくる程度の降り方なので気にならなかった。芙美子は昔から雨が好きだ。

デルクとイダはオースト地区に住んでいる。昔はひっそりした住宅地だったのに、最近は新しい店が次々にでき、様変りしつつある。大通りからトラムに乗ると、座席に坐った途端にまたあの恥入るべき出来事を思いだしてしまう。先週（いや、あれは先々週か、もっと前だったかもしれない）、マルリースに誘われて、彼女の孫の演劇発表会を観に行ったときのことだ。最近はすぐに何でも忘れてしまうのに、ほんとうに忘れてしまいたいこと——自分の失態、心ないふるまいや、他人に迷惑をかけたはずのことども——はしつこく頭の片隅に居坐り、事あるごとに存在を主張してくるのだから厄介だった。忘れよう、と、もう何度目になるのかわからない決心を芙美子はする。窓の外に、小学生の集団が色とりどりの傘をさして歩いているのが見えた。

デルクとイダの結婚式は、芙美子と希子が正式な夫婦として出席したはじめての結婚式だった。教会にはステンドグラスとパイプオルガンがあり、誓いの言葉も賛美歌の斉唱も、当時としては新鮮なまでに古式ゆかしく執り行われた。イダにとっては二度目の結婚で、髪をなでつけて蝶ネクタイをした、小さな息子も生真面目な顔で参列していた（その男の子が数年後に不幸な事故で亡くなるなんて、あのときには誰も想像していなかった）。芙美子も希子も新郎側の親族席に坐らせてもらっていた。式次第について希子が小声であれこれ質問してくるので、誰かにうるさいと咎《とが》められやしないかと気が気でなかったことも憶えている。そして、あの日について言うなら芙美子としては新郎新婦よりもむしろ、幸せそうだったカレルとエステルの姿が心に残っている。カレルとエステルに会いたいと思った。おなじ時代を生きた仲間が、もうみんないなくなってしまった。

トラムを降りると、雨が強くなっていた。空に厚く雨雲がたれこめ、まだ夕方なのに街灯をつけてほしいほど暗い（事実、暗さに反応して自動的に点灯するタイプの門灯やポーチ灯が、道ぞいにところどころで暖かげな光を放っている）。芙美子は包んでもらった花が濡れないよう、レインコートでできるだけ守りながら歩いた。髪も顔もずぶ濡れになり、もう雨が好きだなどと言っていられる状態ではなかったが、さいわいにも道に迷うことなく到着した（デルクの家の門灯にもあかりが灯っていた）。

ほら、見て、と芙美子は胸の内で希子に言う。私、ちゃんと一人で来られたわよ。来られたことに満足して胸を張り、玄関のブザーを押して待った。

ドアがあき、芙美子を見たイダは大騒ぎをした。「いまタオルを持ってきますから」と言い、「デルクは留守なんです」と言った。「電話をくれればこちらから会いに行ったのに」と言い、「風邪をひいたらどうするんですか」と言った。レインコートで守っていたつもりだったが、花は濡れてうなだれていた。芙美子はコートと靴下を脱がされ、髪をドライヤーで乾かされ、熱い紅茶をのまされた。そのあいだもイダは喋り続ける。「どうしたんですか、急に」とか、「髪、切られたんですね」とか、「素敵なセーター」とか。芙美子はふいに自信を喪失する。電話で呼ばれたという記憶は偽物なのかもしれない。

「デルクはいつ帰ってくるの?」

それで、とりあえずそう訊いた。「あなた、私を招待してくれたんじゃなかった?」とは訊かない方がいいと勘が告げていた。

「あした帰ります。リートフェルトさんのところに行ってるんです、思い出のボート小屋を取り壊す前にみんなで集るんだとかで」

手足に力が入らなくなり、紅茶茶碗さえ重く感じる。

「あの人たちは、いつまでたっても男の子たちなんです」

イダは笑った。

この家に来るのはひさしぶりだったが、台所の様子はすこしも変っていなかった。黄色と青のタイル張りの壁と、木製のカウンター、まぶしいみたいな銀色の大きな冷蔵庫。

「それで、きょうはどうなさったの?」

おなじことをもう一度尋ねられても、芙美子には返事ができなかった。偽物の記憶にだまされたと言ってもわかってはもらえないだろう。

「もちろん嬉しいんですけどね、お会いできて」

イダは如才なくつけ足す。

「デルクに用事でしたら、電話してみましょうか?」

とも。芙美子はnee《いいえ》とこたえた。自分が相手を困惑させていることはわかっていたが、どうすることもできない。ただ木偶《でく》のように坐って、自分の紅茶茶碗の底(いつのまにのみ干したのだろう)を見つめていた。うなだれた花をイダは花びんにいけ、

「ほら、これで大丈夫」

と言って微笑む。あいかわらず朗らかで、胸もお尻も大きく、親切な女性だ。デル

クはいい妻を見つけたなと思う。イダならば、あと何十年も生きるだろう。芙美子がいなくなり、やがてデルクがいなくなっても。

夕食をいっしょにと誘われたが断った。アパートまで車で送ってもらう。あっというまに雨は上がっており、濡れた街路に薄日が差していた。車のなかで、日曜日の昼食について確認された。記憶のなかの電話は、おそらくそのことだったのだろう。

「きょうは何曜日？」

尋ねると、木曜日だという返事だった。

別れ際、イダは芙美子のシートベルトを外してくれながら言った。

「じゃあ、日曜日に」

「ミオに会えるのもたのしみにしてるの。すっかり大人の女性になっていたってデルクから聞いたので」

と早口で続け、

「当日はデルクが迎えに来ますから、ちゃんと待っててくださいね」

と今度は妙にゆっくりと言う。だからそこを強調したかったのだろうとわかった。

「そうするわ」

芙美子はこたえ、礼を言って車をおりる。曜日を間違えたのは慣れない昼寝なんかしたせいだ、と、誰にともなく腹を立てながら。

アパートに戻ると、ソファに腰をおろして新聞を読んだ。芙美子は新聞が好きだ。自分のペースに合わせて何度でも読めるし、インクの匂いに心が安まるからで、多くの人が定期購読をやめてインターネットのニュースに移行した（らしい）いまでも毎朝配達してもらっている。

夜、冷蔵庫をあけた芙美子はタッパーに入った料理を幾つも見つけて驚く。茹でたホウレンソウとか玉子焼きとか、肉じゃがみたいに見えるものとか。希子ほどではないにしても、芙美子だって料理はする。が、それらをつくった憶えはなかった。でも、他に誰がつくるというのだろう。四つあるタッパーをすべてテーブルにならべたとき、また別なものが目に入った。古い、四角い空き缶が、おなじテーブルの上にのっている。芙美子はぎょっとした。くすんだピンク色を背景にして、樹木や花や小鳥の絵が描かれたその美しい空き缶は、希子のものだった。希子がパウンドケーキやクッキーを焼いたとき、焼きあがったお菓子を保存するのに使っていた缶で、彼女がいなくなってからは、使われないまま食器棚の上で埃をかぶっていたはずだ。四つのタッパーとくすんだピンク色の空き缶――。希子がいるとしか思えなかった。とっくに死んだことはわかっているが、死者なりの方法でいまここに出現し、芙美子に物をたべさせようとしているのだ。それ以外に説明がつかないではないか。心臓が、痛いほどどきどきした。おそるおそる缶のふたをあけるとなつかしいクッキーが目に入ったが、同時に思いだしてしまってもいた。これは自分で焼いたのだ。姪の澪にたべさせようと思って焼いたのに、缶にしまったきり、たべさせるのを忘れていた。タッパーのなかの料理をつくったのが誰かも、いまやあきらかだった。

もうすこしだけ思いださずにいられたらよかったのにと芙美子は思い、そんなふうに感傷的になるのは笑止千万だとも思う。二人のうち、感傷的になるのはいつも希子であって、芙美子ではなかったのだから。『デッドポエッツソサイエティ』という映画が好きで、観るたびに泣くのは希子だったし、ホームレスにお金やたべものを渡さずにいられないのも希子だった。誰にも聞こえていないと思うとき(たとえばお風呂のなかで)、日本を離れて何年たっても日本の唱歌や童謡を口ずさんでいたのも。温めるのが億劫で、つめたいままの料理を芙美子はたべた。「わりとおいしいわよ」とか、「最近の人は肉じゃがにオクラを入れるの?」とか、声にだして希子に話しかけながら。

友人夫婦と会えたパリはもちろんたのしかったのだが、二泊三日の小旅行を終えておなじホテルに戻ってくると、澪は我然よく知っている場所に帰ってきた気持ちになった。今度の部屋にもテラスがあって、おなじ運河――カイゼル運河だ――を見おろせる。部屋の狭さも古びた家具の配置もおなじで、冷蔵庫のなかの炭酸水までなつかしく、ここにはたった二晩（パリの友人宅とおなじだ）泊っただけなのに、なつかしがるなんて変だと澪は自分を笑う。夕方の風が心地よかった。

腕時計を見て、日本は午前零時だと計算する。圭の声を聞きたかったが、電話にはメリットとデメリットがあることを澪は知っている。メリットはもちろん圭の声を聞けることで、デメリットは日本での澪の生活のあれこれが、距離も時差も越えてたちまち侵入してくることだ。こんなに美しい夕方に、澪としてはそれは避けたかった。帰国したら翌日から出社の予定だ。会社に行けば仕事が山積みなことはわかっているし、両親からは、早く報告に来いとせっつかれるだろう。家事をしない男と暮していくるので家のなかは散らかり放題に違いなく、せめて洗濯機くらい回してくれていることを願うのみだが、経験上、それも望み薄だとわかっている。

このままここに一年くらい住めたらどんなにいいだろうと澪は思う。自分には絶対に不可能だと知りながら、一年といわず二年でも三年でも、仕事も圭も潔く手放して、と夢想する。ひさしぶりに学校に通うのもたのしいかもしれない。新しい言葉を覚えれば、自分の新しい面を発見できるだろう。何年かして審査に通り、伯母のように市民権をもらえたら、仕事に就ける。こっちでテレビ番組の制作（それが澪のいまの仕事だ）をするのでもいいが、それよりも、たとえば学芸員の資格を取って、美術館で働くのはどうだろう。この街には驚くほどたくさんの美術館があるのだから。そして、もしそうなったらいずれ（と澪はさらに想像する）、いまはまだ赤ん坊の沙良の娘が、澪の様子を見にやってくるのかもしれない。心配した沙良にせっつかれ、夫だかボーイフレンドだか（それとも妻もしくはガールフレンドだろうか）を日本に残して。

想像しすぎて一瞬気が遠くなる。夕方だが、初夏の空はまだまだあかるい。旅の最終日であるあしたは、デルクの家に昼食に招待されている。その前に早起きをして、澪は午前中に希子さんのお墓参りに行くつもりだ。芙美子伯母と希子さんが購入し、いまは希子さん一人が眠っているその墓地には、父親の話によると中央駅から列車で三十分で行かれるらしい。澪の手元にあるのは墓地のパンフレットのみだが、美しい写真と共に住所も印刷されているので、問題なくたどりつけるはずだ。父親は伯母を帰国させたがっているし、この先もしばらくは説得をやめないだろう（ということは、澪もこの先何度もここに来ることになるかもしれない）が、伯母は間違いなく自分の選んだ土地に、希子さんと共に眠るつもりでいるだろう。そうなってほしいと澪は思う。両親に任された役割を逸脱することになるかもしれないが、そうなってほしいとしか思えなかった。
けれどそれは(願わくば)まだ先の話だ。あかるい初夏の夕方であるいま、澪はこれから幾つか買物をして(ルン通りの歯磨き用品専門店で、沙良の子供たちにかわいい歯ブラシを買おうと思っている)、食事をするのにいいブラウンカフェを探すつもりだ。カフェ、グランカフェ、ブラウンカフェと、この街にはおなじカフェでも三種類あって、アルコールを提供してくれるのはブラウンカフェだとガイドブックで読んだ澪は、断然ブラウンなそれに行きたいと思っていたのだった。

芙美子が驚いたことに、昼食にはマルリースも招待されていた。マルリースは芙美子の裁判所時代の後輩職員で、数すくないいまだ生きている友人の一人だが、トラムの一件以来連絡をとっていなかったので、再会は気まずかった。謝罪すべきだとわかっているのに、芙美子ではなく芙美子の声帯が、頑としてそれを拒んでいる。ありがたいことにマルリースはあのことに触れずにいてくれているが、だからといって忘れてくれたわけではないだろう。あんな経験をすれば、誰だって忘れられなくなるはずだ。そのマルリースはいま、澪と英語で何かたのしそうに話している。

「chirp《さえずる》とwarble《歌う》の違いかしら」

とか、

「小鳥って、雨あがりによく鳴くわよね」

とか。

「雀はチュンチュンって鳴きます。うぐいすはホーホケキョ」

澪が言うと、みんな笑った。

「何だって？　二つ目のをもう一回やって」

笑いながらデルクがリクエストし、ホーホケキョ、と澪がくり返す。

「ホーホキ？」

とか、

「ホーホキッシュ」

とか、大の大人（というか、澪以外はみんなもう老人だ）が口々に真似ようとするので、あまりのばかばかしさに芙美子まで笑ってしまう。澪はなかなかの社交上手らしい。

テーブルには、青豆のスープに続いて大量のパンとスタンポットが運ばれた。デザートにはアップルパイもあるという。日本から来たゲストをもてなすための、典型的な家庭料理だ。

子供のころ、弟の食が細くて、何とかたべさせようと母親が苦労していたことを、芙美子は突然思いだす。弟が癇癪《かんしやく》持ちだったことや、大きくなったら郵便配達人になりたいと言っていたことも。隣に、弟の娘である澪がいるからだろう。澪と弟の外見に、とくに似たところはないにしても。芙美子と弟は年が七つ離れている。二人とも年寄りになったいまでは大した差とも思えないが、当時は大きく離れていると感じていた。小さかった弟は、いつも芙美子のあとをついて来たがった。その弟が、いまや芙美子を心配しているというのだから、時間というのはおかしなものだと芙美子は思う。引越しのたびに転校しなければならないことを、弟がとても嫌がっていたことを憶えている。よく仮病を使って学校を休んだ。閉口したのは、弟がそのたびに芙美子の学校道具を隠したことだ。教科書や辞書、通学用の靴や、ときには道具の入った鞄をまるごと――。弟は芙美子にも家にいてほしがった。一人でいるのは心細かったのだろう。そのときには叱ったり苛立《いらだ》ったりしたが、芙美子のなかで、それはいまや胸が痛むほどいい思い出だ。誰かに必要とされていたということなのだから。でも、弟はたぶんもう憶えてもいないだろう。

「あれはキコじゃなく、フミだったよね?」

デルクに尋ねられ、芙美子は自分が話を聞いていなかったことに気づく。

「フミじゃなくてキコですよ」

イダが言う。

「ごめんなさい、何の話?」

仕方なく芙美子は正直に訊いた。

「ほら、昔、通ってた歯医者を、冗談ばかり言うからっていう理由で替えたことがあっただろ? 腕のいい歯医者なのに、そんな理由で替えるのはもったいないって俺が言ったのに」

憶えていた。

「キコよ」

芙美子はこたえる。

「ほんとうに? キコよりあなたのしそうなことに思えるけどなあ」

デルクが言い、

「私もそう思った」

と澪まで口を添える。

「キコです」

芙美子は断じ、記憶をたどって説明した。芙美子も希子もおなじ歯医者に通っていたこと、デ・ノーイェルという名前のその中年男性歯科医が、治療中に冗談ばかり言っていたこと。たいしておもしろくもなかったので芙美子は聞き流していたが、希子は聞き流せず、毎回笑っていたらしいこと。それである日、「口をあけたまま笑うのは苦しいし、どうしても頭が動いてしまうから、医者の手元が狂うのが心配」だという理由で通うのをやめ、べつな歯医者を見つけてきたこと――。

「彼女らしいわ」

マルリースが言った。

「やさしい人だったから、つまらない冗談にも笑ってあげずにはいられなかったのね」

芙美子には、医者の冗談を聞き流していた自分へのあてこすりのように聞こえた。トラムでの一件を、まだ怒っているのかもしれない。

「私、今朝希子さんのお墓に行ってきたんです」

澪が言った。

「広くて、森みたいに緑が豊かでびっくりしました。日本のお墓とは全然違うんですね」

と。それで話題は墓地に移った。墓地ばかりめぐるツアーがあるらしいとか、有名な墓碑銘とか、新教会のお墓を描いた絵画がどうとか。途中から退屈し、芙美子は聞くのをやめてしまった。

食事が済むと、場所を居間に移してデザートがふるまわれた。こってりと甘いアップルパイで、アイスクリームが添えられている。もうおなかがいっぱいで芙美子はあらかた残してしまったが、他の人たちはきれいにたいらげていて、澪以外はみんなもう若くないのに、よくもまあこんなにたべられるものだと感心する。数年前にデルクが購入したこの邸宅は、古くて大きくて美しい。装飾的な回り縁があり暖炉があり、幾つものフランス窓があり、あちこちに花や絵画が飾られた居間は気圧《けお》されるほど立派で、弁護士というのは儲《もうか》る人と儲らない人の差が激しい商売だとつくづく思う（デルクはもちろん前者だ）。もしカレルとエステルがここにいたら、息子を誇りに思ったことだろう。

「かわいらしいし実用性もある」

とか、

「趣味がいい」

とかのほめ言葉が聞こえ、見ると木製のまるい小箱が二つテーブルにならべられていた。ふたに、カラフルなちょうちょと自動車がそれぞれペイントされている。

「それは何?」

尋ねると、

「乳歯入れよ」

とイダがこたえ、

「沙良の子供たちへのお土産」

と澪が日本語で補足した。

「きのう見つけて、ちょっと不気味かなと思って一度はやめたんだけど、沙良にメイルしたら欲しいって言うから、ここに来る途中で買ってきたの」

と。

「乳歯入れ?」

芙美子は驚いてしまう。日本では昔から、下の歯は屋根の上に、上の歯は縁の下に投げる風習があるのではなかっただろうか。外国育ちの芙美子でも知っていた。芙美子の乳歯が抜けたときにも弟の乳歯が抜けたときにも、母親が精一杯それに近いことをしてくれたからだ。が、澪がせっかく買ったお土産にけちをつけるようなことはしたくなかったので言わずにおく。好むと好まざるとにかかわらず世のなかは変化していくのだから、風習もまた変るのだろう。

デルクに車で送ってもらい、アパートについたのは三時すぎだった。澪ともそこで別れた。そことというのはデルクの車からおりた、アパートの前の路上で。澪はこれから「あり得たかもしれない未来を偲んで」美術館に行くと言った（どういう意味かわからなかったが、世のなかはすでに芙美子にはわからないことだらけになっているので訊き返すことはしなかった）。そして、あしたは午前中の便で帰国するから、しばらく会えなくなるけれどすぐにまた来るから、とも言った。それまで自分は生きていないだろうと思いながら、

「気をつけてね」

と芙美子はこたえる。長身の姪が身体を折るようにして頰に頰をつけてくれた。

「あのね」

と澪が言ったのは、互いに「元気で」と言い合ったあとだった。

「あのね、気を悪くしないでほしいんだけど、パパはおばちゃんに帰ってきてほしいみたいなの。だからまたなんだかんだ言ってくるかもしれないけど」

途切れたので、芙美子は続きを待った。が、待っても続きはなかったらしく、

「それだけ」

と澪は結んだ。

「それだけなの？」

芙美子は拍子抜けする。

「気を悪くなんてしませんよ」

そうこたえ、もう行きなさいという手ぶりをしてみせる。別れの挨拶は苦手だ。それに、澪の心配は的外れだ。いったいどうすれば気を悪くなどできるだろうか、食が細く癇癪持ちで、郵便配達人になりたがっていた男の子に対して。

アパートに戻ると、お土産にもらってしまったアップルパイを冷蔵庫に入れた。普段あまりたべない昼食をしっかりたべたせいで身体が重く、すこしだけベッドに横になりたい気がしたが、うっかり寝てしまうと大変なのでやめておく。芙美子は昼寝が嫌いなのだ。着ていた窮屈な服を脱ぎ、普段着（長袖のTシャツにニットのベストを重ね、楽なスラックスをはいた）になると気持ちまでさっぱりした。イダに電話をかけて昼食の礼を言う。イダはしきりに澪をほめた。鳥の鳴き声をいろいろ知っていることに感心したと言うので、芙美子は返答に困った。イダはときどきばかなことを言うのだ。

おもてにでると、日はまだ高く、さまざまな小鳥の声がした。本物の、弾けるようにみずみずしい声だ。ハウスボートを見たくなり、川をめざす。ひょっとするともうバカンスシーズンなのだろうか。街は人で溢れていた。のみものやアイスクリームを手に歩いていたり、地べたや石段に坐っていたり。数えきれないほどたくさんの自転車とすれ違う。年をとって残念に思うことはいろいろあるが、自転車に乗れなくなったことは、間違いなくその一つだった。残念というより、ほとんど認め難いといってよかった。若いころの芙美子はどこにでも自転車に乗って行ったものだった。職場にも図書館にも、レストランにも友人の家にも。あんなふうに、と、そばを通り過ぎた自転車を目で追いながら芙美子は思う。あんなふうにスピードをあげて、風を切って走れたらどんなに気持ちがいいだろう。

川は、きょうもたっぷりと水をたたえている。水嵩《みずかさ》測り人がきちんと仕事をしている証拠だ。岸近くには、幾つものハウスボートがならんでいる。全体を黄色いペンキで塗られたものや、壁が黒くて屋根が赤いものや、白地に青い水玉模様の描かれたものまであった。デッキに洗濯物が干してあったり、犬がつながれていたり。さざ波の一つずつが日ざしを反射してまぶしい。

最後に自分が日本に帰国したのは希子を埋葬した直後だった、ということを芙美子は思いだす。もう十年以上前のはずだ。あのときは弟の家ではなくホテルに泊った。

病気が判明するのが遅く、希子の闘病生活はあっというまに終ってしまったので、自分が突然未亡人になったことを、芙美子はまだ受け容れられずにいた。弟の一家はいつものようにいろいろ気を遣ってくれた。みんなで梅が満開の公園に行ったし、天狗が祀られているという山にドライヴにも行った。それともあれは、もっと前の帰国のときだっただろうか。だとしたら希子もいたはずで、天狗が祀られた山というのはいかにも希子がよろこびそうな場所なのだが、あのとき彼女がいたのかどうか、どうしても思いだせない。下町の佃煮屋の娘らしく、希子は日本の祭や伝統行事、伝説や神話にくわしかった。そういうものに疎い芙美子に、お稲荷さん信仰（希子の生れ育った家には、お稲荷さんを祀った神棚があったという）について教えてくれたこともあった。教わったことのほとんどを芙美子は忘れてしまったが、伝説のなかで、「餅が白鳥に姿を変えて飛び立った」というところだけは、おそらくその視覚的なイメージの鮮烈さのせいで憶えている。

普段めったに思いださない日本のことを、こんなに思いだすのは姪に会ったせいだろう。芙美子は姪ののびやかな長身と、白くて、それこそ餅のようにすべらかだった頬の感触を思いだす。姪と、もう二度と会えないかもしれないことはわかっていた。梅の咲く公園や天狗の祀られている山に、自分が行く日はもう来ないことも。

でも、いまはまだこうして生きていて、希子の住みたがっていた色とりどりのハウスボートを、日ざしのまぶしさに目を細めながら眺めている。

来たときとは違う道を通って帰ることに決め、芙美子は橋に向って歩き始める。この街には数えきれないほどたくさんの橋があり、そのどれもが美しかった。鉄製のものや、レンガでできたものや。橋のまんなかで立ちどまって川を眺める。顔のまわりの髪が風に煽られ、芙美子はついしかめつらになる。髪が乱れたからではなく、これでは肉体を持っていない気持ちになれないからで、肉体を持っていない気持ちになれないと、いろいろめんどうくさいのだ。

それでも美容室に行かれたのはおもしろかった。橋を渡りきり、旧教会の方向に歩きながら芙美子は思う。姪が来なければ、髪を切ろうなどと思いつきもしなかっただろう。あしたの飛行機で帰ると言っていた。どんな生活が待っているのだろう。考えてみれば、芙美子は彼女のことを何も知らないのだ（それとも知っているはずなのだろうか。忘れてしまっただけで？）。どんな仕事をしているのだろう。恋人や夫はいるのだろうか。そもそも、あの子は幾つくらいなのだろう。二十代にも見えたし三十代にも見えたが、もしかするともうすこし上なのかもしれず、若い人の年齢というものは、芙美子にはもはやさっぱり見当がつかない。

初出
川のある街　…………「小説トリッパー」二〇二一年秋季号
川のある街　Ⅱ………「小説トリッパー」二〇二二年冬季号
川のある街　Ⅲ………「小説トリッパー」二〇二三年秋季号

江國香織（えくに・かおり）
1964年東京都生まれ。1987年「草之丞の話」で「小さな童話」大賞、1989年「409ラドクリフ」でフェミナ賞を受賞。以後、坪田譲治文学賞、紫式部文学賞、路傍の石文学賞、山本周五郎賞の受賞を経て、2004年『号泣する準備はできていた』で直木賞を受賞。さらに島清恋愛文学賞、中央公論文芸賞、川端康成文学賞を受賞後、2015年には『ヤモリ、カエル、シジミチョウ』で谷崎潤一郎賞を受賞。著書に『抱擁、あるいはライスには塩を』『なかなか暮れない夏の夕暮れ』『物語のなかとそと』『彼女たちの場合は』『去年の雪』『ひとりでカラカサさしてゆく』『シェニール織とか黄肉のメロンとか』など。

川《かわ》のある街《まち》

2024年２月28日　第１刷発行

著　　者　江國香織
発 行 者　宇都宮健太朗
発 行 所　朝日新聞出版
〒104-8011　東京都中央区築地５－３－２
電話　03-5541-8832（編集）
03-5540-7793（販売）
印刷製本　中央精版印刷株式会社

ISBN978-4-02-251961-0
定価はカバーに表示してあります。

落丁・乱丁の場合は弊社業務部（電話03-5540-7800）へご連絡ください。
送料弊社負担にてお取り替えいたします。